SIMÃO SEM MEDO

SIMÃO SEM MEDO

MIGUEL GRANJA
Ilustrações de Beatriz Bagulho

MOINHOS

© Editora Moinhos, 2020.
© Miguel Granja, 2020.

Edição Camila Araujo & Nathan Matos
Assistente Editorial Sérgio Ricardo
Revisão Pablo Guimarães
Diagramação Nathan Matos
Capa Sérgio Ricardo
Ilustração de Capa Beatriz Bugalho

Dados Internacionais de Catalogação na Publicação (CIP) de acordo com ISBD

G759s
Granja, Miguel
Simão sem medo / Miguel Granja ; ilustrado por Beatriz Bugalho.
Belo Horizonte, MG : Moinhos, 2020.
204 p. : il. ; 14cm x 21cm.
Inclui índice.
ISBN: 978-65-5681-039-3
1. Literatura infantojuvenil. 2. Literatura portuguesa. 3. Fantasia. I. Bugalho, Beatriz.
II. Título.

2020-3100

CDD 028.5
CDU 82-93

Elaborado por Vagner Rodolfo da Silva - CRB-8/9410

Índice para catálogo sistemático:
1. Literatura infantojuvenil 028.5
2. Literatura infantojuvenil 82-93

Sumário

Prólogo — 11
I. O pátio — 13
II. O fantasma — 15
III. Dentro do guarda-roupa — 19
IV. Matilde, a rinoceronte-jardineira — 23
V. O reino das cerejeiras — 27
VI. A princesa Florinda e a maldição dos narigudos — 30
VII. A feiticeira e os dois dragões — 32
VIII. Uma ideia brilhante — 37
IX. Rumo ao palácio — 43
X. No palácio — 47
XI. Uma noite no palácio — 50
XII. Segundo plano — 53
XIII. A travessia do lodaçal — 56
XIV. A rã Beatriz — 60
XV. O bosque do pé coxinho — 65
XVI. A feiticeira — 70
XVII. A ponte de cristal — 75
XVIII. Os dragões — 80
XIX. A verdade — 83
XX. A tamboril Sofia e o espadarte Leandro — 86
XXI. Junto do rei dos mares — 92
XXII. Quebrou-se o feitiço — 96
XXIII. A chave líquida — 101
XXIV. A orquestra de rãs — 104
XXV. De volta aos jardins das cerejeiras — 108

XXVI. Figas atrás das costas 113
XXVII. As rolas das dunas de cardos 116
XXVIII. A efêmera 119
XXIX. A ponte das sereias malditas 123
XXX. O ataque das orquídeas carnívoras 127
XXXI. No labirinto dos demônios narigudos 130
XXXII. A descida para junto dos demônios narigudos 134
XXXIII. O ninho dos demônios narigudos 138
XXXIV. Uma nova verdade 142
XXXV. O pelicano gigante 147
XXXVI. Dona Melina 150
XXXVII. A mãe nariguda 155
XXXVIII. Renasce a esperança 158
XXXIX. Uma descoberta fascinante 162
XL. Reencontro com a Matilde 166
XLI. À porta do palácio real 169
XLII. A doença do medo 174
XLIII. A feiticeira desvenda o segredo 177
XLIV. Reflexões 181
XLV. O voo do bufo-real 185
XLVI. A maldição da princesa azeviche 188
XLVII. A troca de mãos 191
XLVIII. O regresso 195
Epílogo 201

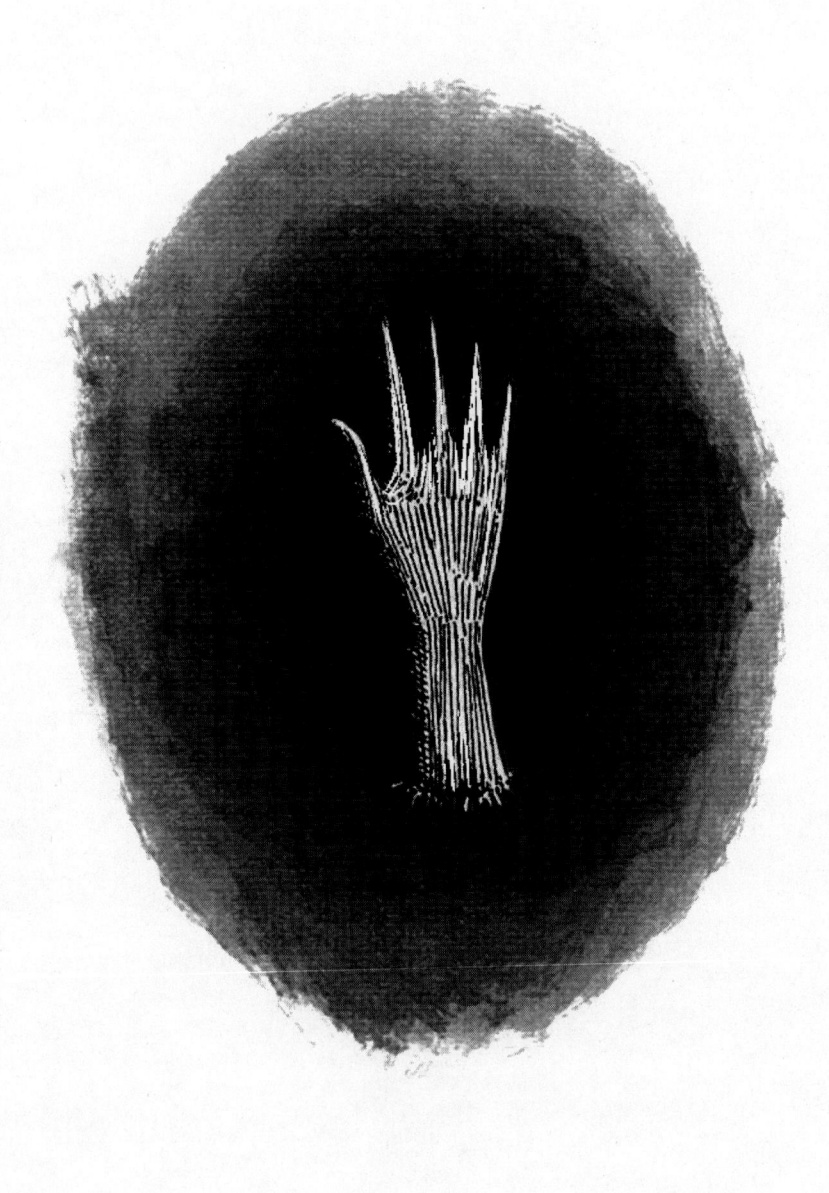

Prólogo

Chamo-me Simão. Simão sem medo, como diria a avó Celeste, muitos anos atrás. Eu não sei bem o que é ter medo, por isso, também não sei o que é não o ter.

Sou um rapaz como os outros, apenas com a particularidade de usar uma luva na mão esquerda. Uma luva que eu nunca descalço, faça frio ou calor, quer chova ou faça sol.

Na escola arreliam-me, na rua olham-me de esguelha e em casa estranharam esta "mania" no início, mas acabaram por aceitar.

A história desta luva é o que vou contar a seguir. A história da luva que eu escolhi calçar. A história de uma aventura que parece um sonho. É um segredo.

Tudo começou quando reencontrei o jardim da cerejeira que tínhamos por trás da nossa casa. Um jardim que tinha sido coberto por cimento.

I. *O pátio*

Não gosto quando chove ao domingo. Não gosto quando chove em agosto. Num desses dias, ali estava eu, olhando o céu cinzento desfazendo-se numa chuva grossa que escorria pelos vidros das janelas do meu quarto. Em agosto a chuva é sempre mais grossa, talvez por não contarmos com ela.

O que mais me arreliava era eu não poder ir brincar para o pátio. Não era um pátio bonito. Na realidade, agora, não passava de um saguão escurecido pelo prédio novo de muitos andares que tinham construído em frente à nossa casa. O pátio ficou mais escuro e, com o cimento com que o cobriram, ficou ainda mais frio.

O pátio já tinha sido um jardim, cercado por um muro de pedra e com uma enorme cerejeira. A cerejeira que também já não existe. Cortaram-na porque estava doente, disseram-me no dia em que cobriram tudo de cimento.

– Já ninguém trata do jardim. Não tem utilidade nenhuma.
Isto foi o que o pai disse. Mas eu gostava do jardim. Era nele que a avó Celeste se sentava a descascar ervilhas com a bacia de esmalte azul ao colo e a falar-me da rinoceronte Matilde. Quando cimentaram o jardim, as abelhas deixaram de esvoaçar lá fora.

Quando chovia ao domingo, eu ficava o dia todo em casa. Como não havia escola, nem recados a fazer, não havia desculpa para sair e saltar por entre as poças. De vez em quando, eu abria a janela com jeitinho e estendia o braço para sentir os pingos de chuva a molharem-me a mão.

– Olha que ficas doente e depois tens que tomar xarope de cenoura! – dizia a mãe, naquele tom de voz entristecido que ela tinha desde que cortaram a cerejeira.

Eu não gosto nada do xarope de cenoura. É demasiado doce e tem um gosto estranho que se cola à garganta o dia inteiro.

Na sala, aos domingos, cheirava ao jornal que o pai folheava tão lentamente como o andar do ponteiro dos minutos do relógio de parede. Acho que por isso é que nunca gostei de domingos: o cheiro a jornal, os olhos tristes da mãe e o xarope de cenoura colado à garganta.

Naquele domingo de agosto, como nos outros, fiquei à janela do meu quarto, a ver a chuva a cair no pátio de cimento. A avó entrou no meu quarto:

– Meu Simão sem medo! – a avó sempre me tratou por "Simão sem medo". Não sei como aconteceu, mas o que é fato é que eu nunca tenho medo de nada.

– Tens saudades do jardim, não é? – a avó Celeste sabia ler-me os pensamentos, eu nem precisava de falar.

Acenei que sim. Não era preciso falar.

– Sabes que o jardim não desapareceu. Continua ali, escondido debaixo do cimento – olhei para a avó sem perceber bem o que

dizia. E ela continuou, sussurrando: – Sim, o jardim ainda existe, Simão. E há uma maneira de chegar até ele.
– Como?
– Isso é um segredo. Um dia conto-te – a avó piscou-me o olho e saiu do quarto.

II. *O fantasma*

— A avó morreu, Simão... — disse-me a mãe com a mesma voz com que me dizia que não havia dinheiro para uma bicicleta nova.

Eu queria chorar, mas não tinha vontade. Queria estar triste, mas não estava. Todos choravam à minha volta. E até o pai, que costumava barafustar com a avó Celeste, e ela com ele, naquele dia não falava e tinha os olhos tão tristes como eu nem sabia que ele podia ter.

No dia em que a avó Celeste morreu, estava sol, mas dentro de nós havia nuvens grossas, daquelas que nos apertam a garganta.

Eu não sei o que é morrer. Para mim, é como se a avó Celeste se tivesse demorado na mercearia, como se tivesse ficado à conversa com as vizinhas e se tivesse esquecido de voltar para casa. Eu sei que a avó não volta, que não posso dar beijinhos nas rugas macias, mas voltei a vê-la depois da sua morte.

Eu nunca acreditei em fantasmas, mas, naquela noite, ao passar pelo quarto da avó Celeste, antes de me ir deitar, espreitei pela porta encostada do seu quarto e vi-a sentada ao espelho. Esfreguei os olhos. Ali estava ela, com o cabelo branco solto e a pentear-se calmamente. As rugas tinham quase desaparecido e nem se via o chão, coberto pelos longos cabelos brancos, como um manto de neve.

Foi nessa noite que ela, ao ouvir-me a espreitá-la a pentear-se, me chamou.

— Simão sem medo! — confesso que, nessa noite, me assustei um pouco. Mas ela continuou: — Entra... — a sua voz era mais suave ainda, era voz de avó, mas também voz de fantasma. E piscou-me o olho.

Apesar de estar surpreendido por ver pela primeira vez aquela avó fantasma, eu entrei.

– Avó! – eu não sabia o que dizer, todo aquele cabelo pelo chão. Fiquei à porta, com medo de pisar onde não devia.

– Entra – a avó Celeste estendeu-me a mão direita.

Eu entrei e ela piscou-me o olho outra vez. Quando ela me piscava o olho eu sabia que não havia motivo para ter medo, era o nosso código.

Quando a avó era só avó, quando não estava ao espelho com o cabelo espalhado pelo chão, ocupava-se só a descascar ervilhas. Era nessas alturas que me falava da rinoceronte Matilde, que pendurava as cerejas na cerejeira.

Naquela noite, era diferente: o cabelo estava solto e chegava ao chão e a voz era de segredo.

– Fecha a porta! – disse ela. E voltou a piscar o olho. "Ali havia gato", pensei eu, mas só com os meus botões, que é uma maneira de se pensar o que se quer sem ninguém saber.

Eu fechei a porta e o fantasma transparente da avó virou-se novamente para o espelho e continuou a pentear-se.

– Calha mesmo bem que aqui tenhas vindo hoje, meu Simão sem medo... – eu mal conseguia prestar atenção ao que a avó fantasma dizia.

Do lado de fora do vidro, pequenas fadas verdes esvoaçavam e diziam-me adeus, umas sorriam, outras não. Era um enxame de umas vinte. Eu nem sei se é enxame que se diz para um grupo de fadas, mas como tinham asas de mosca, acho que enxame é a palavra mais adequada. A avó sorriu ao ver-me a observar as fadas.

– São umas tontas, não lhes ligues. Estão à minha espera – disse a avó, com um sorriso nos lábios.

– À sua espera? – perguntei eu, intrigado.

– Sim, já vais perceber – respondeu ela.

A avó fantasma continuava a pentear-se com muita calma, à luz da sua vela. Ela tinha nascido e vivido no campo. Depois disseram-lhe que estava doente e trouxeram-na cá para casa. Nunca se habituou à eletricidade e, à noite, no seu quarto, tinha sempre e apenas uma vela acesa.

– Um dia pega fogo à casa inteira! – resmungava a mãe que tinha medo de muitas coisas.

Pousando a escova na cômoda onde tinha o espelho, o fantasma da avó virou-se para mim e sorriu.

– Lembras-te de eu te dizer que o jardim ainda existia? – perguntou a avó, piscando o olho mais uma vez.

– Lembro – respondi eu, desejoso que fosse aquele o dia em que me tinha dito que me mostraria onde se escondia o jardim.

A avó fantasma Celeste agarrou no próprio cabelo, abriu a porta do guarda-roupa e desapareceu por ele adentro. Eu nem queria acreditar que a avó acabara de entrar no guarda-roupa. Fiquei ali estupefato, sem conseguir dar um passo.

– Anda! Não tenhas medo! – a voz dela ecoava, como se estivesse muito, muito longe.

Primeiro espreitei, mas não se via nada. Cheirava aos saquinhos de alfazema que a avó usava para afastar as traças. De repente, ouvi as fadas a baterem no vidro da janela e, como a avó não estava a ver, fui abrir para as deixar entrar. Ficaram tão contentes que se puseram a esvoaçar pelo quarto inteiro.

– Então? Não vens? – a voz da avó soava cada vez mais longínqua.

Cuidadosamente, lá entrei também pelo guarda-roupa adentro.

III. Dentro do guarda-roupa

Dentro do guarda-roupa tudo tinha mudado, só se mantinha o cheiro a alfazema. Não havia roupas nem cabides. Apesar de estar bastante escuro, com a luz que vinha da vela no quarto via-se os primeiros degraus de uma escada íngreme e comprida, da qual não se via o fim. Uma escada que parecia a escada de um castelo, feita de degraus pretos e brancos.

– Anda, estou aqui ao cimo da escada! – eu ouvia a voz da avó Celeste, só não a conseguia ver. – Mas cuidado! – dizia ela ao longe. – Para subir, só podes pisar nos degraus pretos, e, para descer, nos brancos.

Lá comecei eu a subir às apalpadelas, pisando apenas nos degraus pretos.

Não se via quase nada e eu ia fechando e abrindo os olhos, a tentar habituar-me à escuridão cada vez maior. À medida que ia subindo, o quarto da avó Celeste ficava lá para trás, cada vez mais longe.

Tinha subido catorze degraus, e a escuridão tornou-se completa.

– Avó! – chamei em direção ao topo da escada. Mas não houve resposta.

E eu gritei ainda mais alto:

– AVÓ! Não vejo nada! – nada, não se via mesmo nada, e eu fiquei estacado no décimo quarto degrau.

A avó Celeste desaparecera pela escada acima e eu sem saber o que fazer. No escuro, era impossível distinguir a escada, quanto mais os degraus pretos dos brancos.

Estava a virar-me para voltar a descer, quando ouvi um zumbido de um enxame. Foi então que surgiram, voando, as fadas verdes, a quem eu tinha aberto a janela. Só então me apercebi como brilhavam. Eram autênticos pirilampos verdes e, com a sua luz, a escada tornou-se visível novamente.

As fadas tinham parado junto a mim e faziam cabriolas e caretas mesmo junto à minha cara. Umas riam, outras não. Com muito cuidadinho para não as assustar, recomecei a subir a escada, só pisando nos degraus pretos. O enxame de fadas mantinha-se perto de mim, acompanhando-me, e, com a luz que irradiavam, eu pude continuar a subir a escada preta e branca.

No cimo da escada, deparei-me com uma porta de madeira. Não havia maçaneta, nem trinco, nem nada que a pudesse abrir. Primeiro, empurrei-a com todas as minhas forças. Mas ela não se movia nem um milímetro. Depois, comecei a dar murros na porta e a chamar "Avó! Avó!". Fiz tanto barulho que as fadas se assustaram e apagaram as suas luzes.

Ali fiquei eu, no cimo da escada, completamente às escuras, sem poder regressar. Não via a escada e muito menos poderia distinguir os degraus brancos para descer. Foi então que dei um pontapé na porta.

– Aiiiiiii! – gemeu alguém na escuridão.

– Quem é que está aí? – disse eu, desconfiado e surpreendido.

– Tu estás tonto? Assim a dar-me murros e pontapés? – era a porta! A porta falava!

– Desculpa! – respondi eu, envergonhado.

– Não é preciso me dar murros e pontapés – respondeu a porta, bastante ofendida.

– Mas estavas fechada... e... – desculpei-me eu.

– Sim – interrompeu a porta zangada –, estou fechada, mas não é motivo para me agredires. Basta pedires com gentileza e eu abro.

Nunca tinha visto uma porta que falasse, e muito menos que tivesse sentimentos e exigisse ser bem tratada. Tive um pouco de vergonha de lhe ter batido e pedi gentilmente:

– Podes abrir, se faz favor? Quero ir ter com a minha avó.

Ouviu-se um estalinho muito baixo e a porta abriu-se lentamente. De repente, era dia e o céu estava muito azul. Subi os últimos degraus e trepei para uma relva muito verde. Ainda me virei para a porta:

– Muito obrigado!

Sem responder, ela voltou a fechar-se lentamente.

IV. Matilde, a rinoceronte-jardineira

Não podia acreditar no que via. Era o jardim! O jardim de antigamente! O jardim que tinha sido coberto de cimento. Na sua cadeira habitual, a avó Celeste descascava ervilhas como sempre descascara. Já não tinha o cabelo desgrenhado nem era transparente, era apenas a avó Celeste como eu a conhecia. Ela olhou para mim sorrindo e disse:

– Vês? O jardim continua aqui. E agora já sabes vir cá ter.

Eu nem queria acreditar. Lá ao fundo, junto ao portão, havia tomateiros debaixo da cerejeira que estava florida. Corri até eles e fechei os olhos para sentir melhor o perfume do tomateiro, misturado com o da árvore e o da terra.

Do outro lado do muro, havia outros jardins, cada qual com uma cerejeira, todas elas floridas. Aproximei-me do muro. Eu nem sabia que havia outros jardins. Espreitei para o jardim ao lado do nosso e ouvi alguém a choramingar. Trepei para o muro e vi um rinoceronte, sentado debaixo da cerejeira vizinha e a chorar.

– Olá! – disse eu, a tentar ser simpático.

O rinoceronte continuava a chorar e nem me respondeu.

– Não chores! – desci do muro e aproximei-me. – Eu sou o Simão sem medo, como é que tu te chamas?

– Uuuh! – chorava o rinoceronte. – Sou a Matilde.

– Ah! A rinoceronte Matilde! – exclamei eu entusiasmado – Tu é que és a rinoceronte Matilde de que a avó me falou?

Mas a rinoceronte não estava para conversas sobre avós e continuou o seu pranto:

– Uuuhhh, sou tão infeliz!

Parecia ser um caso mesmo grave.

— Mas o que é que te aconteceu? — continuei eu, surpreendido por encontrar um rinoceronte que chorava, e falava.

— As cerejeiras... uuuuuuhhhh! As cerejeiras estão em flor... — lamentava-se ela.

Aí é que eu não percebi nada. Eu achava que se chorava com dores de barriga ou ao esfolar um joelho, mas não por as cerejeiras estarem em flor.

— Olha, eu acho bonito as cerejeiras estarem em flor — disse eu, numa tentativa de animar a infeliz Matilde.

Nesse momento, a rinoceronte olhou para mim com os olhos cheios de lágrimas mas espantada, como se eu tivesse dito o maior disparate de sempre.

— Bonito?? Desde o ano passado que elas estão em flor! Passou-se o verão, o outono e o inverno e elas sempre floridas — fungava a rinoceronte, assoando-se a um lenço cor-de-rosa muito comprido.

— E não achas bonito? — disse-lhe eu.

Eu bem que tentava consolá-la, mas parecia que ela ficava cada vez mais triste. A Matilde olhava para as árvores e abanava a cabeça, inconsolável.

— Tu não percebes que, assim, elas não dão fruto? Se as cerejeiras continuarem assim floridas, nunca mais vamos ter cerejas — disse a rinoceronte, apontando para as árvores das imediações, todas floridas.

Só nesse momento é que me apercebi de que havia cerejeiras em flor até perder de vista, espalhadas pelos tais jardins parecidos com o nosso, que iam até ao horizonte.

— És tu que tomas conta das cerejeiras? — perguntei eu, para ver se acalmava a rinoceronte.

— Sim, sou — respondeu ela, limpando as lágrimas ao mesmo lenço cor-de-rosa. — Eu sou a jardineira do reino.

– Do reino?? – perguntei eu, admirado por não saber sequer que aquilo era um reino.

– Sim – continuou a rinoceronte, explicando a sua triste história. – Sou eu quem trata de todas as flores e árvores. Se este ano não houver cerejas outra vez, temos um grande problema.

– Deixa lá, se não houver cerejas há outras frutas – o que eu fui dizer. A rinoceronte recomeçou o seu choro.

– Uuuuhhhhh! Isso não pode ser! Sem cerejas a princesa não consegue dormir à noite.

– Por quê? – respondi eu, que nem sequer sabia que era preciso cerejas para quem quer que fosse conseguir dormir, muito menos uma princesa que ainda por cima eu também desconhecia.

Ligeiramente mais calma, a rinoceronte Matilde explicou-me para que precisava que as cerejeiras dessem fruto. Assoou o enorme nariz e lá falou mais calma:

– Com os caroços das cerejas enchem-se as almofadas do palácio. É a única maneira da princesa dormir de noite!

Como não percebi bem o que se passava, e não me ocorreu uma solução para o problema, resolvi ir pedir ajuda à avó Celeste. E disse à rinoceronte:

– Olha, não chores mais. A minha avó está ali e eu vou perguntar-lhe o que fazer. Ela sabe sempre o que fazer!

A rinoceronte olhou-me esperançosa, mas também um pouco desconfiada.

– Ali onde? Não vejo ninguém – disse ela, esfregando os olhos, encarnados de tanto chorar.

– Está ali sentada a descascar ervilhas, não vês? – até pensei para os meus botões que, além de chorona, era uma rinoceronte vesga.

– Não, não vejo ninguém! Só uma cadeira vazia... – pronto, era mesmo vesga, decidi eu.

Simão sem medo

– Não importa – disse eu, com determinação. – Fica aqui à minha espera e eu já volto.

Saltei o muro e dei uma corrida até junto da avó Celeste.

V. *O reino das cerejeiras*

— Avó! Está ali uma jardineira, é a rinoceronte Matilde! E ela diz que não te vê... — disse eu, achando que a rinoceronte era cegueta.
— Não me vê porque ninguém me vê, Simão. Eu aqui sou invisível. Só tu me podes ver — dito isto, fez em meu rosto um gesto de ternura com as mãos na cara.
— Só eu? — perguntei eu, admirado mas contente por ter a avó só para mim.
— Só tu, meu Simão sem medo...
A avó voltou a descascar ervilhas, mas eu continuei:
— Avó, a rinoceronte está ali a chorar, por as cerejeiras estarem em flor desde o ano passado e não darem cerejas. Parece que as cerejas são precisas para as almofadas de uma tal princesa... e disse-me que estamos num reino... — disse eu, desconfiado de que a rinoceronte Matilde estaria não só cegueta, mas também sem juízo.
A avó olhou-me com um sorriso prolongado e continuou a deslizar os dedos pelas vagens de ervilhas, que iam caindo para a grande bacia de esmalte azul cobalto.
Foi então que eu reparei que, ao lado da avó havia já três grandes sacos de juta, cheios de ervilhas. Ia perguntar à avó para que era preciso descascar tanta ervilha, mas ela adiantou-se e começou a contar-me a história do reino das cerejeiras.
— Este jardim faz parte de um reino escondido, Simão. O reino das cerejeiras — explicou a avó calmamente.

– E porque é que elas não dão cerejas, avó? – adiantei-me eu, pois sabia que a rinoceronte Matilde estava à espera da minha ajuda.

– Calma! Eu sei que queres ajudar a jardineira, mas ela vai ter que esperar. A situação é muito complicada…

Olhei em direção à cerejeira de Matilde e vi-a a dobrar o lenço cor-de-rosa e a olhar para mim. Fiz-lhe sinal que esperasse e ela anuiu.

– O reino das cerejeiras – continuou a avó – é um reino mágico. Neste reino, alguns animais falam, como a jardineira do reino, a rinoceronte Matilde. Mas alguns humanos não falam, como a costureira em ré menor, que ninguém sabe como se chama.

– A costureira em ré menor? – perguntei eu, que nem sabia ao certo o que era um ré menor.

– Sim, a costureira em ré menor não fala, apenas emite sons em ré menor e fala por gestos – explicou a avó Celeste. – Há muitas maneiras de comunicar, Simão. Nem sempre é preciso falar.

– E se isto é um reino, quem é o rei, avó? – a ideia de um reino com animais a falar agradava-me.

– O rei e a rainha. O rei branco, Dom Alvor, e a rainha preta, Dona Azeviche, sempre reinaram em harmonia. Ele decreta as leis que governam o reino durante o dia. Ela faz o mesmo para as leis que se aplicam durante a noite. Só se veem ao amanhecer, quando o sol nasce, e ao anoitecer, quando o sol se põe. E têm uma filha chamada Florinda, a princesa das abelhas.

VI. A princesa Florinda e a maldição dos narigudos

— Princesa das abelhas? — perguntei eu, sem perceber porque diabo é que era preciso haver uma princesa das abelhas.
— Sim — continuou a avó, amontoando cada vez mais ervilhas na bacia. — Quando a princesa Florinda nasceu, os demónios narigudos amaldiçoaram a bebé porque Dona Azeviche os tinha proibido de assustar os meninos e as meninas durante a noite.
— Demónios narigudos?? — perguntei eu, espantado e preocupado por ver aparecer cada vez mais personagens naquela história e nada de se desvendar o mistério das cerejeiras.
— Sim — respondeu a avó, pacientemente. — Durante o dia, os demónios narigudos estão ao serviço da feiticeira do reino. E, antigamente, à noite, de vez em quando, divertiam-se a assustar a criançada do reino.
— Eu nunca os vi, avó — interrompi eu, intrigado, e até um pouco desiludido, por nunca ter visto ou ouvido falar dos demónios narigudos. — A mim eles nunca assustaram...
— Tu és o Simão sem medo! — sorriu a avó, piscando-me o olho. — Eles a ti nunca poderiam assustar. E, além disso, há alguns anos que foram proibidos de o fazer.
— Foram proibidos? — perguntei eu, até com alguma pena dos demónios narigudos.
— Ah pois foram! — continuou a avó. — Quando a princesa Florinda nasceu, Dona Azeviche proibiu, por decreto, que os narigudos continuassem a pregar partidas às crianças do reino. Foi então que eles roubaram uma poção mágica à feiticeira, e

a pequena princesa foi amaldiçoada para que só conseguisse dormir durante o dia e estivesse a noite toda acordada.

A avó ajeitou o avental debaixo da bacia azul cobalto e continuou:

– A sorte foi que Dom Alvor era muito amigo da abelha rainha, Dona Melina. Dona Melina era uma das conselheiras do reino, e o rei, desesperado e sem saber o que fazer, chamou-a de urgência. Dona Melina escutou atentamente o sucedido e disse-lhe: "Alteza, não tenho poderes para anular a maldição que os narigudos roubaram da feiticeira."

– O rei ficou inconsolável, sem saber o que fazer para que a sua filha pudesse dormir durante a noite, como todos os outros meninos do reino. Foi então que a abelha rainha lhe disse: "Contudo… posso alterar o feitiço com geleia real. A princesa Florinda dormirá à noite, se todos os domingos receber uma almofada nova, cheia com caroços das cerejeiras do reino." E assim se fez!

– Ah! Então é por isso que as cerejas são tão importantes… – respondi eu.

– Pois – afirmou a avó, um pouco preocupada –, sem almofadas cheias de caroços de cereja, a princesa só dorme durante o dia. E, dormindo durante o dia, não pode ir à escola, nem brincar com os outros meninos, nem ir ao jardim, nem ao cinema, nem ao teatro…

– Oh avó – continuei eu, agora mais a par da gravidade da situação –, e porque é que as cerejeiras deixaram de dar cerejas? Também foi culpa dos narigudos?

– Não – desta vez a avó até sorriu, apesar da gravidade do assunto. – Isso é outra história.

A avó despejou as ervilhas em mais uma saca de juta e voltou a sentar-se para descascar mais ervilhas.

VII. A *feiticeira e os dois dragões*

— No reino das cerejeiras — explicou a avó — há a tal feiticeira e também há dois dragões. A feiticeira mora na encosta da montanha, junto ao lago lilás. Os dragões moram numa gruta profunda, na margem oposta à feiticeira. E todos viviam em paz, até ao dia em que a fada das algas pediu asilo a Dom Alvor.

— A fada das algas? — estranhei eu, por não ter ouvido sequer falar de mar nenhum naquele reino.

— Sim — continuou a avó, nunca tirando os olhos das suas ervilhas —, a fada tinha sido expulsa do reino dos mares. Como era um pouco desastrada, por engano transformara o palácio real num enorme coral e o rei dos mares ficou tão furioso que a expulsou do seu reino. Num dos anoiteceres em que suas altezas, Dom Alvor e Dona Azeviche, se cruzaram, aceitaram o pedido de asilo da fada das algas. E ofereceram-lhe o lago lilás como residência fixa, onde ela passou a fazer os seus bailados à superfície da água, entoando os seus cânticos de fada.

— Uma fada patinadora, avó? — interrompi eu.

— Sim, a fada das algas passa os dias a patinar à superfície do lago lilás — sorriu a avó brevemente, mas voltando logo de seguida à seriedade do problema. — Ora, a feiticeira e os dois dragões é que não gostaram nada da ideia. E, a partir desse momento, passou cada qual a afirmar que o lago lhe pertencia. Como era o único lago do reino, não havia hipótese de alojar a fada noutro sítio qualquer.

– Oh avó – interrompi eu, por não estar a ver como aquela história poderia ajudar a rinoceronte Matilde –, mas o que é que isso tem a ver com as cerejeiras?

– Não sejas impaciente! – ralhou a avó. – Já lá vamos. A situação estava muito complicada. Pelo que se conta, nem a feiticeira nem os dragões estavam dispostos a entrar em acordo com Dom Alvor e Dona Azeviche.

– E não conversaram uns com os outros? – interrompi eu, a achar que o problema facilmente se resolveria com uma conversa.

– Não se pode conversar com a feiticeira nem com os dragões, Simão – advertiu a avó, abrindo muito os olhos. – Nem os reis se atrevem a ir ter com eles.

– E as cerejeiras em flor, avó? – perguntei eu, já quase perdido naquela história.

— Pois é, Simão — continuou a avó, com expressão de lamento. — O grande problema foi que a família real não conseguiu chegar a acordo, nem com a feiticeira nem com os dragões. E como a feiticeira não queria gastar mais feitiços, os dragões raptaram e aprisionaram Dona Melina.

— A rainha das abelhas?? — interrompi eu, satisfeito por me lembrar do nome.

— Exato! — assentiu a avó. — Os dragões até enviaram sinais de fumo ameaçadores, para que ninguém tentasse sequer ir libertar Dona Melina. E aí começou o problema das cerejeiras.

— Por que, avó? — perguntei eu.

— Porque — prosseguiu a avó —, sem rainha, as abelhas deixaram de sair da colmeia. E eram as abelhas que polinizavam as cerejeiras. O que permitia que das flores nascessem frutos. E que dos frutos se retirasse os caroços...

— Para as almofadas da princesa Florinda! — exclamei eu, até um pouco orgulhoso de me ter lembrado de mais um dos nomes.

— Isso mesmo! — respondeu a avó.

— E onde está a Dona Melina? — perguntei eu, a achar que a avó sabia tudo.

— Isso gostávamos nós de saber — respondeu tristemente a avó —, incluindo a pobre Matilde. Deve estar numa prisão junto dos dragões...

A jardineira Matilde! Já quase me tinha esquecido dela. Mas com o que a avó me tinha contado, continuava sem poder ajudar a triste rinoceronte. Fiquei ali sentado, sem coragem de regressar junto da Matilde.

Depois da avó ter descascado mais algumas vagens de ervilha, tive uma ideia brilhante!

VIII. Uma ideia brilhante

— Já sei avó! Já sei! — disse eu, de repente, dando pulos de contente.
— O que é que tu já sabes? — respondeu a avó, não parando de descascar as suas ervilhas.
— Tenho a solução do problema da princesa Florinda! — exclamei eu.
Nessa altura, a avó parou de fazer deslizar o dedo pelas vagens de ervilha e olhou-me nos olhos.
Lá ao fundo do jardim, do outro lado do muro, a rinoceronte Matilde empoleirara-se e espreitava expetante. Provavelmente tinha ouvido os meus gritos eufóricos e olhava, curiosa, na minha direção.
— Então que ideia tiveste tu, meu Simão sem medo? — perguntou a avó, meio desconfiada, meio curiosa.
— Em vez de enchermos as almofadas da princesa com caroços de cereja, enchemo-las com as tuas ervilhas! — disse eu.
A ideia pareceu-me imbatível. As ervilhas eram mais ou menos do tamanho dos caroços das cerejas, até mais macias, o que para uma almofada me parecia bem mais confortável. A avó olhou-me pouco convencida, mas respondeu:
— É questão de experimentares... pode ser que resulte... vais ter é que ir falar à costureira em ré menor, que é quem faz as fronhas das almofadas.
Bem dito e bem feito. Depois de explicar à rinoceronte Matilde a história que a avó me tinha contado, pus-me a caminho. A avó

explicara-me onde vivia a costureira em ré menor e, antes de eu partir, ainda me disse:

– Se, pelo caminho, encontrares um dos demônios narigudos e ele perguntar o que andas a fazer, tu respondes cantando: "vim ao jardim da Celeste giro-flé-giro-flá!".

Não percebi bem para que serviria aquele aviso, mas estava com demasiada pressa para mais explicações e parti.

Soube que tinha chegado à casa da costureira quando, à porta, ouvi a sua máquina de costura. Bati duas vezes à porta. Ninguém respondeu. Bati mais uma vez. Nada. Só se ouvia a máquina de costura a trabalhar do outro lado da porta. Rodei a maçaneta com jeitinho e abri a porta timidamente.

– Dá licença? – disse eu, espreitando lentamente através da porta entreaberta.

Ninguém me respondia e eu acabei por entrar. Era uma saleta pequenina com um balcão e um corredor. Dirigi-me ao balcão e, espreitando pelo corredor, vi alguém à máquina de costura, junto a uma montanha de tecidos, rendas, linhas e embrulhos. Só podia ser a costureira, e eu chamei:

– Desculpe! Bom dia!

A costureira continuava concentrada no seu trabalho e parecia nem me ouvir, e eu resolvi acenar através do balcão. Aí sim, ela ergueu a cabeça, parou a máquina de costura e aproximou-se sorridente.

– Bom dia, eu sou o Simão sem medo! – apresentei-me eu.

A costureira mal abriu a boca e soltou um único som. Devia ser o tal ré menor, de que a avó me tinha falado. E eu continuei:

– Preciso de uma fronha para uma almofada.

Através dos seus gestos e sons monocórdicos, percebi que a costureira queria saber o tamanho da almofada.

– É para fazer uma almofada para uma princesa. A princesa Florinda... – expliquei eu, sem saber ao certo que medida a almofada deveria ter.

A costureira abriu muito os olhos e a boca, exprimindo que sabia exatamente o que eu precisava. Depois sorriu e, por estranhos gestos e sons, indicou-me que entrasse com ela na saleta da máquina de costura. Dei a volta ao balcão, passei pelo pequeno corredor e, em frente à máquina de costura, deparei-me com uma parede coberta por inúmeras prateleiras. Todas elas estavam repletas de fronhas de almofadas.

Foi então que percebi que também a costureira em ré menor estava à espera que as cerejeiras dessem fruto. Tinha adiantado trabalho e as suas fronhas, dobradas e arrumadas nas prateleiras, esperavam embalar o sono noturno da princesa Florinda.

Estava tão desejoso de experimentar a minha ideia brilhante que não me demorei mais junto da costureira em ré menor. Agarrei na primeira fronha que ela me deu e regressei o mais depressa que pude para junto da avó.

Contudo, quando cheguei ao nosso jardim, a avó não estava. Deparei-me com a sua cadeira vazia e com as três sacas cheias de ervilhas ao lado. Como não havia tempo a perder, enchi a fronha com as ervilhas.

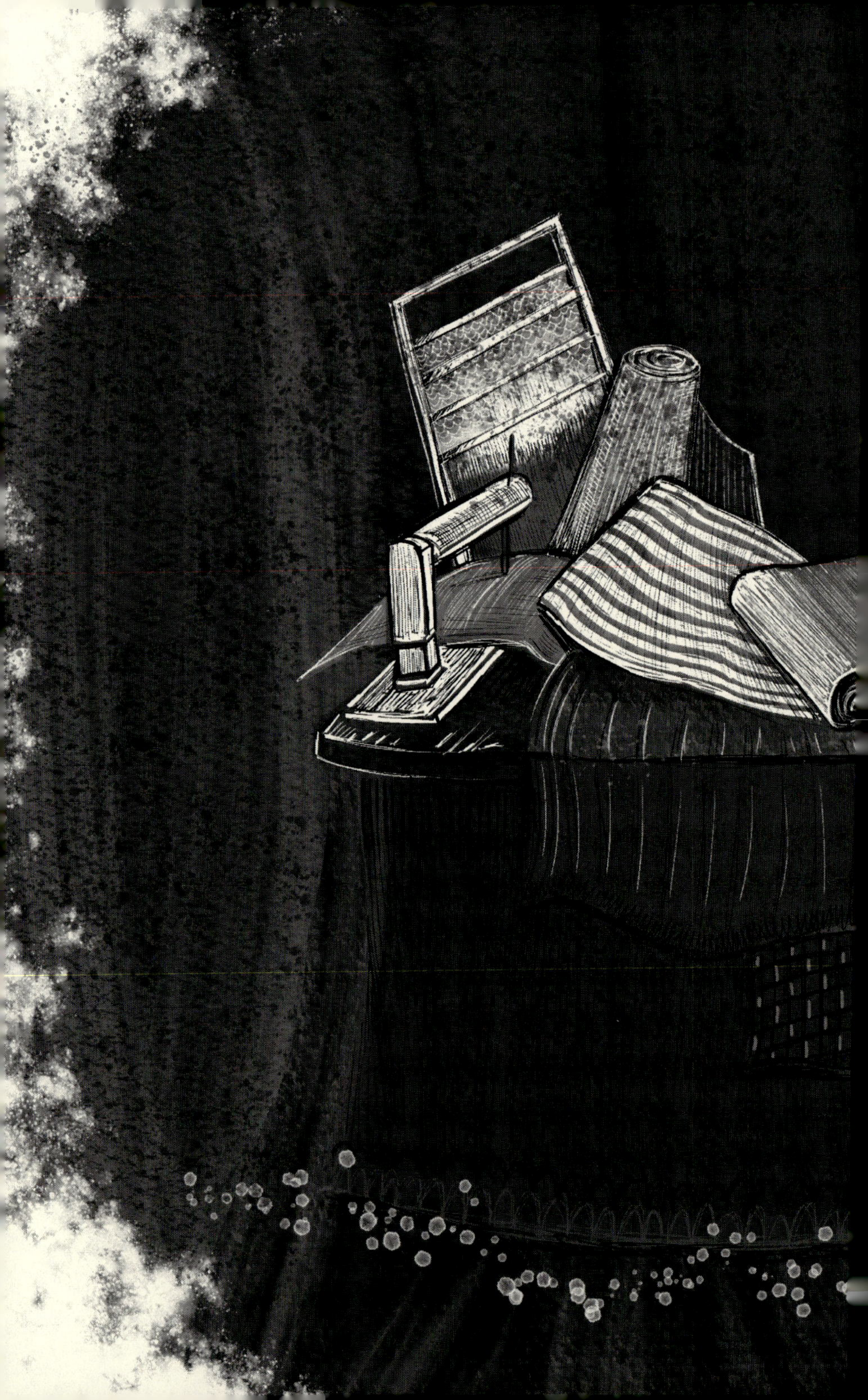

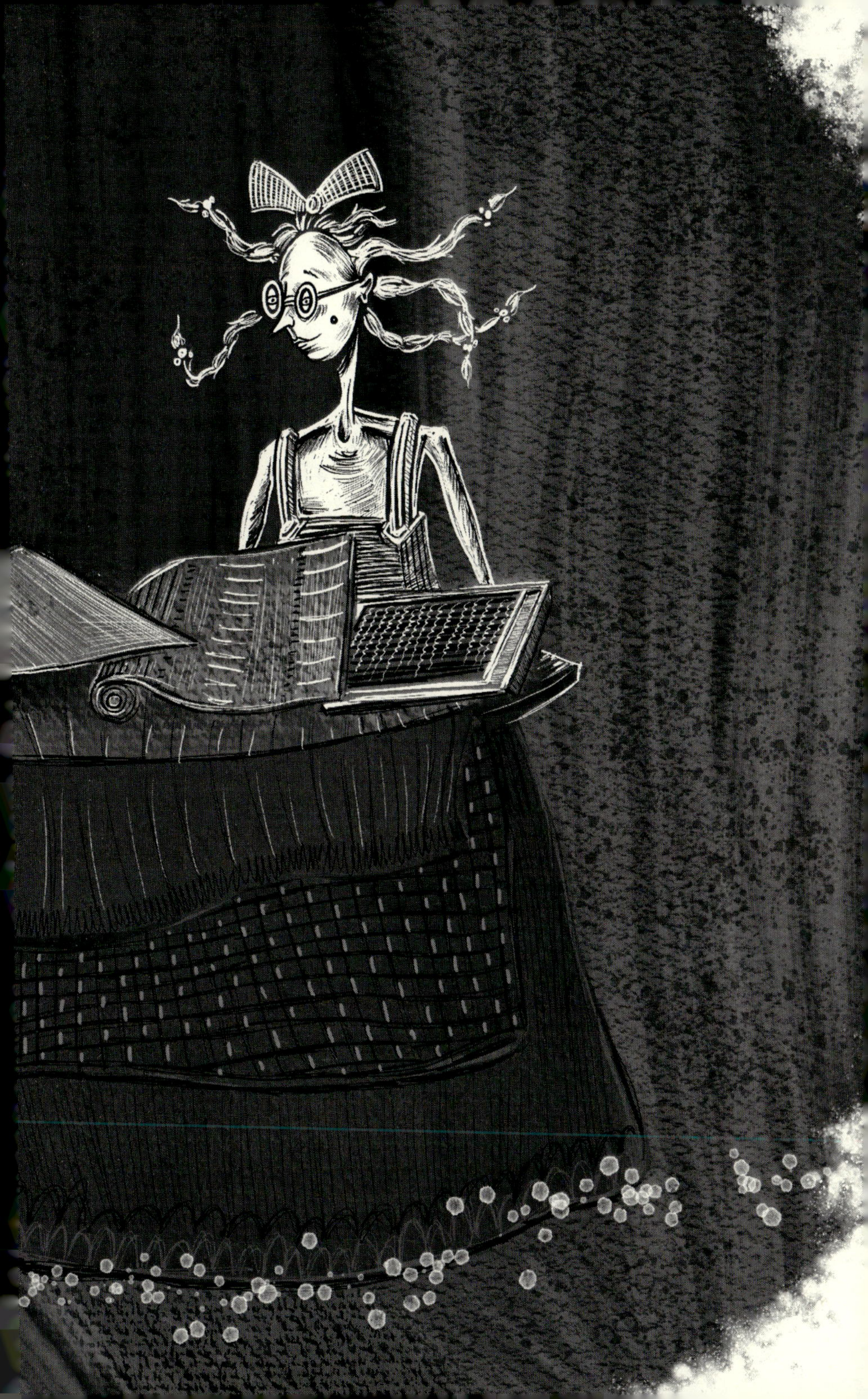

IX. Rumo ao palácio

Encher a almofada tinha sido simples. Mais complicado foi convencer a rinoceronte Matilde que a minha ideia brilhante resolveria o problema das cerejas.

– Mas se a princesa adormecer de noite com a almofada cheia de ervilhas, nunca mais precisará dos caroços de cereja! – disse ela com as lágrimas novamente a querer brotar-lhe dos olhos.

– Não, não! – respondi eu, certo que estava do meu plano infalível. – Se a princesa dormir de noite com a minha almofada, os dragões podem libertar a rainha das abelhas. Para que mantê-la capturada? Só tens que me explicar o caminho até ao palácio, para eu chegar lá antes do anoitecer, e poder dar a almofada à princesa a tempo.

– Segues para Oeste – respondeu a Matilde –, tens que saltar vinte e sete muros até chegares ao campo de girassóis. Para o atravessares tens que pedir ajuda à garça branca Inês. Para isso tens que lhe dizer o seguinte: "a saia da Carolina tem um lagarto pintado!"

A rinoceronte conteve as lágrimas e, acenando o seu lenço cor-de-rosa, lá me deixou partir rumo ao palácio.

Com a almofada cheia de ervilhas debaixo do braço, iniciei a minha missão de pôr em ordem os sonos da princesa Florinda.

Segui para Oeste, que é onde o sol se põe, e saltei os vinte e sete muros. O último era mais alto, mas tinha muitas pedras que sobressaíam e foi simples trepá-lo. O problema foi descê-lo, pois, do outro lado, não havia pedras salientes e era demasiado alto para o descer de um salto. Sentei-me a observar o enorme campo de girassóis e a descansar um pouco daquela travessia de vinte e seis muros de jardim.

A vista era magnífica, as flores amarelo torrado pareciam douradas com a luz do fim do dia. Ao fundo, muito ao longe, onde o sol se punha, erguia-se o grande palácio. Era impossível chegar até ele antes do anoitecer e, além disso, eu continuava sem saber como descer daquele último muro tão alto. Pus-me então em pé e chamei a garça branca.

– INÊS! – gritei eu, sem ver garça nenhuma nas imediações.

Esperei alguns momentos, mas nada. Só se ouvia os rouxinóis que começavam a afinar os trinados do anoitecer e as corujas que assobiavam os primeiros pios para a noite que se aproximava.

– INÊS! – voltei eu a gritar, desta vez com mais força ainda.

Estava a ficar desanimado. Tinha feito aquele caminho todo para nada. Tinha tido uma ideia tão brilhante e afinal agora estava ali sem poder chegar ao palácio. Estava quase a desistir quando senti um vento forte na nuca. No mesmo instante, uma enorme garça branca pousou ao meu lado no muro. Fechou as asas e ficou a olhar para mim. Levantei-me de um salto e exclamei:

– És tu a garça Inês?

A garça ajeitou as penas com o bico, mas não me respondeu. Foi então que me lembrei das palavras da Matilde e disse-lhe:

– A saia da Carolina tem um lagarto pintado!

Ao ouvir isto, a garça agachou-se e sorriu com os olhos. Aprendi nesse dia que, como as garças não têm lábios, sorriem com os olhos. Fiquei a olhar para ela um instante e a garça deixou descair a asa, convidando-me a subir para o seu dorso. Entalei a almofada entre o meu peito e o pescoço da garça e ela ergueu-se de novo. Os últimos raios de sol apagavam-se por trás do palácio e a ave levantou voo por cima do campo de girassóis. Agarrei-me bem às suas penas quentes e voei com ela em direção ao portão do palácio.

    Aterramos antes do grande fosso que rodeava a alta muralha. A garça voltou a agachar-se suavemente e eu desci do seu dorso. Depois, olhou-me novamente com os seus olhos sorridentes, voltou a levantar voo e desapareceu no lusco-fusco do anoitecer.

    – Obrigado, Inês! – gritei eu, mas acho que ela nem me ouviu.

X. No palácio

Atravessei a ponte sobre o fosso do palácio e dirigi-me ao grande portão. Já tinha erguido o punho para bater, quando da ponte atrás de mim trepou um ser enorme, maior do que qualquer das cerejeiras que eu tinha visto pelo caminho. Tinha olhos pretos pequeninos, o seu corpo era coberto de pelo prateado, coxeava um pouco, pois a sua perna direita era de pau e tinha um nariz enorme que lembrava uma tromba de elefante, mas com pelos.

Ficamos alguns momentos frente a frente, sem pronunciar palavra nem dar sequer um passo.

– Olá, és um… narigudo? – perguntei eu, com a certeza de que não poderia ser outra coisa.

– Sim, sou! E tu, quem és? – respondeu o demónio, desconfiado.

– Eu sou o Simão sem medo! – disse eu, naquele momento, contudo, pouco seguro das intenções dele.

– E o que vens aqui fazer? – perguntou o demónio narigudo, aproximando-se demasiado da minha almofada.

Ia para lhe explicar que queria ajudar a princesa Florinda quando me lembrei das palavras da avó e respondi cantando:

– Fui ao jardim da Celeste, giro-flé-giro-flá.

Nesse instante, o demónio fez uma expressão de pavor, soltou um uivo e desapareceu correndo pelo campo de girassóis. Nunca pensei que um demónio narigudo pudesse ter tanto medo do jardim da minha avó, nem eu cantava assim tão mal. Mas como tinha coisas mais urgentes a fazer, não pensei mais no demónio medroso e bati com força ao portão do palácio.

Passados poucos segundos, abriu-se uma vigia muito lá no alto e um soldado que estava de sentinela gritou:
— Quem és? O que queres daqui?
Olhei lá para cima e tentei gritar o mais possível, para que o soldado me ouvisse bem.
— Eu sou o Simão sem medo! – gritei eu. – E trago esta almofada para a princesa Florinda poder dormir esta noite.
O soldado não respondeu. Fechou a portinhola da vigia e deixou-me ali plantado. Preparava-me para voltar a bater, quando na parede da muralha, do lado direito, se abriu uma entrada secreta. O soldado espreitou e exclamou:
— Vá, entra depressa. A esta hora, não se pode abrir o portão do palácio.
Depois de explicar ao soldado a minha história, ele resolveu levar-me junto de Dona Azeviche, pois Dom Alvor tinha acabado de ir dormir.
Passamos pátios, jardins, túneis, portas e portões até chegarmos a uma sala com o teto muito alto. Era uma sala estreita e tinha uma porta muito alta, oposta àquela por onde tínhamos acabado de entrar.
— Agora esperas aqui! – exclamou o soldado, autoritário.
Ali fiquei a observar as paredes cobertas de tapeçarias e de retratos de muitos reis e rainhas.
De repente, a grande porta abriu-se e surgiu aquela que só poderia ser a rainha Dona Azeviche.
Tinha a pele muito preta e os olhos grandes e luminosos. Usava uma coroa de metal preto e um manto encarnado, salpicado com flores azuis.
— Com que então, tu tens uma almofada para a minha filha… – disse a rainha, sorridente.

– Sim… acho que sim, alteza… é uma almofada especial… – disse eu, um pouco atrapalhado pois nunca tinha aprendido a falar com rainhas. E estendi-lhe a almofada.

– Vem comigo – respondeu a rainha, calma mas com determinação.

XI. Uma noite no palácio

Segui a rainha por mais dois pátios, subimos uma enorme escadaria e chegamos ao quarto da princesa Florinda que tinha a pele branca, o cabelo muito preto em carapinha e os olhos muito azuis.
A rainha dirigiu-se à princesa:
— Este menino trouxe-te uma prenda.
— Eu sou o Simão sem medo! — interrompi eu a rainha, pois já sei que os adultos muitas vezes não sabem explicar bem as coisas. Apontei para a almofada que a rainha tinha na mão e continuei: — Trago esta almofada para dormires de noite.
— Tu sabes que a princesa só consegue dormir deitando a cabeça numa almofada cheia com caroços de cerejas do reino, certo? — perguntou a rainha, apalpando a almofada.
— Sim, sei, mas... — disse eu.
A rainha interrompeu-me e não me deixou continuar:
— Pois bem, esta parece estar bem cheia... já não era sem tempo.
Eu ainda tentei explicar-me:
— Mas essa almofada...
A rainha não me deixou falar mais:
— Pronto, pronto. Já é muito tarde e vocês têm que ir dormir. Como não podes regressar a casa a meio da noite, ficas num dos quartos das visitas.
Acenei à pressa à princesa que me sorriu agradecida, e deixei-me guiar por uma criada para um quarto igualmente cheio de tapeçarias e quadros nas paredes.

Adormeci rapidamente porque estava muito cansado da viagem, mas, de manhã, acordei com o primeiro cantar do galo. O meu quarto tinha uma casa de banho só para mim. Fiz xixi, lavei a cara, esfreguei os dentes com muita pasta e saí do meu quarto.

Aproximei-me do quarto da princesa e, com muito cuidado para não fazer barulho, abri a porta devagarinho. Mal conseguia respirar, ansioso que estava por saber se a minha ideia tinha resultado. Resolvi entrar.

A princesa dormia descansadamente na sua cama. Primeiro fiquei contente por achar que ela tinha dormido a noite toda, mas, quando me aproximei da janela, dei com a minha almofada no chão. Estava aberta e havia ervilhas espalhadas por todo o lado. Tinha-me agachado para as apanhar, quando ouvi uma voz de homem à porta:

– Com que então, quiseste pregar-nos uma brincadeira! – disse ele com voz zangada.

– Uma... uma partida? – respondi eu, atrapalhado.

– Pois claro! Disseste à minha esposa que tinhas maneira de ajudar a princesa! – era Dom Alvor.

– Eu pensei que... – o rei interrompeu-me.

– Que ideia foi a tua de apareceres aqui com uma almofada cheia de ervilhas? – rugiu ele. – Se sabias que eram precisos caroços de cereja! Só podes ter querido pregar-nos uma partida a todos! – o rei estava mesmo zangado.

– Peço desculpa, mas... – tentei eu explicar-me. Mas o rei não queria ouvir mais nada.

– És um insolente! – vociferou o rei.

– Eu... – ainda me tentei explicar, mas o rei estava furioso e expulsou-me do palácio.

Tanta coisa para nada. Afinal era mesmo preciso resolver o assunto com os dragões e com a feiticeira. Sem libertar a rainha das abelhas, não haveria solução para o problema das cerejeiras.

E, para libertar a rainha das abelhas, tinha que se resolver a questão da fada das algas no lago lilás.

– INÊS! – voltei a chamar bem alto, junto ao campo de girassóis.

Desta vez a garça apareceu imediatamente. Olhou-me com os seus olhos sorridentes e, depois de eu cantarolar, agachou-se para eu lhe trepar para o dorso. Desta vez sem almofada. Voltamos a sobrevoar o vasto campo de girassóis, pousamos no alto muro, a garça branca deixou-me descer e voltou a partir. Saltei os muros de volta ao meu jardim. A avó continuava ausente. Apenas a sua cadeira e os sacos de ervilhas continuavam no lugar de sempre.

XII. Segundo plano

Sentei-me no muro do nosso jardim. Estava mesmo desanimado. Não só a minha ideia tinha sido um desastre, como, ainda por cima, tinha Dom Alvor e Dona Azeviche a achar que os tinha feito de parvos de propósito.

Agora, tinha que ser mesmo eu a resolver o problema da princesa Florinda. Era a única maneira de demonstrar que as minhas intenções tinham sido as melhores.

Estava mergulhado nos meus pensamentos, quando a rinoceronte Matilde apareceu.

– Então? – disse ela, com os olhos cheios de curiosidade.

– A minha ideia não resultou, Matilde. Desculpa… – os olhos dela encheram-se novamente de tristeza.

– Pois… – respondeu. – A magia da feiticeira é muito forte… não há nada a fazer…

– Claro que há! – respondi eu, determinado.

– Há?? – perguntou a rinoceronte, incrédula.

– Tive outra ideia… – disse eu, desta vez mais cuidadoso e menos eufórico.

– Se calhar é melhor desistirmos – retorquiu ela, desanimada.

– Nem pensar! Agora é que eu não desisto mesmo! Escuta – continuei eu, tentando animar-me a mim e a ela –, a única maneira de resolver o assunto é ir ao reino dos mares e transformar os corais novamente em palácio.

A rinoceronte Matilde olhou-me com os olhos muito abertos, como se eu tivesse ficado completamente louco.

— Ao reino dos mares?? — disse ela, embasbacada. — Mas tu sabes onde isso fica?

— Não me interessa a distância — respondi eu. — Primeiro, vou falar com a feiticeira, para me dar uma poção para quebrar o encanto do palácio dos mares, para a fada das algas poder regressar a casa. Assim, o lago lilás volta a ser da feiticeira e dos dragões e, desta forma, liberta-se Dona Melina, a rainha das abelhas.

— Oh Simão! Mas o reino dos mares fica muito, muito longe. É impossível chegares lá sozinho — continuou a triste rinoceronte. — Nunca ninguém daqui foi ao reino dos mares. Nem Dom Alvor, nem Dona Azeviche.

— Desculpa lá — afirmei eu, decidido —, mas se a fada conseguiu chegar até cá, eu também consigo ir até ao reino dos mares! — continuei eu, tentando ser lógico.

— Simão, Simão! — retorquiu a Matilde, muito depressa. — Uma fada é uma fada! Não te podes comparar! As asas de uma fada são mágicas e transformam as distâncias longínquas em pequenos centímetros.

— Então, peço à garça branca Inês — ripostei eu, assertivo e a achar que a garça também seria um pouco mágica. — Ela já me conhece e de certeza que me leva lá.

— Nem penses! — disse a Matilde, olhando para a cerejeira em flor, por cima das nossas cabeças. — A garça Inês vive no campo de girassóis. Nunca sai de lá. Essa ideia não tem pés nem cabeça!

A ideia em si parecia-me boa, e mais infalível do que a que tinha tido com as ervilhas da avó. A avó que tinha desaparecido, ela teria sabido o que fazer. Ficamos os dois em silêncio, eu a matutar numa solução para chegar ao reino dos mares, e a Matilde a arrumar ferramentas de jardinagem dentro de uma caixa. A dado momento, ela suspirou e disse:

– Bem, tenho que ir tratar do jardim real – disse a rinoceronte, resignada. – As bocas-de-dragão já nasceram e tenho que ir limpar os canteiros.
– Bocas-de-dragão?? – exclamei eu, tendo a ideia perfeita.
– Sim, bocas-de-dragão são as flores dos jardins do palácio. Nascem no princípio da primavera e, por isso, tenho que tratar delas agora – explicou a Matilde, nem suspeitando da ideia que eu estava a ter.
Não me pude conter. Dei um salto, abracei a rinoceronte Matilde e dei-lhe um grande beijo na bochecha rechonchuda de rinoceronte.
– Matilde! Tu és um gênio! Um gênio! – gritei eu, todo contente.
A jardineira pousou a mala das ferramentas e ficou a olhar para mim, estupefata, enquanto eu dançava e pulava à sua frente.
– Vou de dragão! – exclamei eu, eufórico. – Vou de dragão!
– Vais de dragão? – perguntou ela, não percebendo o que eu dizia.
– Dragões são mágicos, certo? – perguntei eu.
– Sim, certo... – respondeu ela, levantando o sobrolho.
– E têm asas, certo? – continuei eu.
A Matilde inclinou a cabeça, entendendo aonde eu queria chegar:
– Estás a pensar em...
– É isso mesmo – exclamei eu –, vou pedir aos dragões que me levem ao reino dos mares!

Simão sem medo 53

XIII. A travessia do lodaçal

A rinoceronte Matilde ficou um momento a olhar para mim, com uma expressão pensativa. A mim, o plano parecia-me bem engendrado.

– Então? Não achas que é uma ideia estupenda? – adiantei-me eu.

– Não sei, Simão... – respondeu a jardineira, reticente. – Aqui no reino, todos têm medo dos dragões...

– Mas eu sou o Simão sem medo! – disse eu. – Eu não tenho medo deles. E além disso, eles têm todo o interesse em ver-se livres da fada das algas. Eles e a feiticeira. Vou explicar-lhes que, se juntarmos os nossos esforços, conseguiremos resolver a situação para todos.

– Nisso tens razão – anuiu a Matilde, quase conseguindo até sorrir.

– Agora tens que me explicar onde moram os dragões – adiantei eu, para não perder mais tempo.

A rinoceronte jardineira calou-se e fixou o olhar no infinito, muito pensativa. Até que respondeu:

– A verdade é que eu não sei ao certo onde eles moram... só te posso dizer onde fica o lago lilás...

– Se me disseres onde fica o lago lilás, chega – disse eu. – Depois eu dou com a tal gruta dos dragões.

Desta vez, a Matilde sorriu mesmo. Pela primeira vez, senti que estávamos a ficar amigos. Depois de pensar um pouco, ela lá me explicou o caminho a tomar:

– Para chegares ao lago lilás, tens que ir para Leste, que é a direção oposta do palácio real. E, desta vez, vais ter que saltar cinquenta e cinco muros. Quando chegares ao último, vais-te deparar com um lodaçal extensíssimo e, cuidado, são areias movediças, se lá cais, o chão engole-te e morres afogado...

Aqui, a jardineira fez uma pausa e abriu muito os olhos, para eu ter mesmo muito cuidado.

– Está bem! – respondi eu, obediente. – Mas como é que eu atravesso esse tal lodaçal?

– Espera – Matilde remexeu nos seus bolsos e retirou uma espiga dourada, bem grande. – Levas esta espiga, guarda-a bem! Quando chegares ao tal último muro, chamas pelo sapo Abílio e, quando ele te perguntar seja o que for, tu só respondes "doba, doba dobadoura, doba".

– Outra canção? – admirei-me eu.

– Sim! Assim ele deixa-te subir para as costas dele e ajuda-te a atravessar uma parte do lodaçal, até à velha acácia, onde mora a pomba verde. Quando se aproximarem da acácia, tu ergues o braço, o mais que puderes, com a espiga dourada na mão, a pomba verde vai agarrar a espiga pelo bico e leva-te até à margem. Depois, é só seguires em frente e chegas à margem do lago lilás.

Desta vez, o trajeto era bem mais complicado, pensei eu. Em comparação, o caminho que tinha feito até ao palácio até parecia simples.

Antes de iniciar a viagem, a Matilde repetiu-me tudo outra vez, para eu não me esquecer. Eu parti e ela ficou a acenar com o enorme lenço cor-de-rosa.

Saltei os cinquenta e quatro muros em direção a Este, e estaquei em cima do quinquagésimo quinto. A paisagem era impressionante. O lodaçal era azulado, coberto por uma densa neblina. Lá muito ao longe, quase no horizonte, via-se a tal acácia, de que a Matilde me falara. Certifiquei-me de que ainda tinha a espiga dourada no bolso e, para não perder tempo, chamei o tal sapo como a Matilde me dissera.

– Abílio – gritei eu, um pouco intimidado pela neblina.

Nem foi preciso gritar, como fiz com a garça branca Inês. Mal tinha acabado de proferir o nome do sapo, a superfície do lodaçal agitou-se, a neblina afastou-se e, lentamente, o sapo Abílio emergiu da lama.

Era um sapo gigante, do tamanho de uma banheira. Fixou-me com os olhos luzidios e exclamou, com voz trêmula:

– Quem és tu?

– Sou o Simão sem medo! – respondi eu, tentando ser simpático.

– E o que me queres? – o sapo Abílio olhou-me com olhos estranhos, como se me quisesse devorar e, pelo seguro, resolvi dizer imediatamente as palavras mágicas.

– Doba, doba dobadoura, doba!

Sem dizer mais nada, o sapo desviou o olhar do meu e aproximou-se do muro, indicando-me que podia saltar para as suas costas. E eu assim fiz. Deslizando pelo lodaçal, às costas do sapo Abílio, a neblina parecia ainda mais ameaçadora e confesso que estava desejoso de chegar à acácia.

Quando nos aproximamos da árvore, não vi pomba verde nenhuma. E estava tão preocupado a procurá-la, que me esqueci da espiga. O sapo Abílio passou a acácia e continuou a nadar. Fiquei um pouco aflito, ao aperceber-me que ele ia afundando cada vez mais, e eu com ele. Não via a pomba verde, nem nada a que me pudesse agarrar. A lama fria engolia-nos e o sapo continuava a afundar-se mais e mais.

Já eu estava enterrado na lama até aos joelhos, quando me lembrei da espiga. Retirei-a rapidamente do bolso e ergui-a no ar, o mais alto que pude.

– Não te afundes mais! – gritei eu, bem alto.

Contudo, o sapo Abílio ou não me ouvia ou fazia que não me ouvia e eu cada vez me enterrava mais no pântano. Tentei nadar, mas era impossível fazê-lo em areias movediças como aquelas. Já tinha lama até ao pescoço, quando um vulto verde se aproximou, voando. Era a pomba! Agarrou na espiga dourada com o bico, eu fiz força para não a largar e a pomba arrancou-me das areias movediças, no preciso momento em que o sapo Abílio submergiu por completo. Não me afoguei por pouco.

Depois, a pomba verde voou até à margem, voando rasteiro, para eu poder saltar em segurança. Eu larguei a espiga e a pomba afastou-se de regresso à acácia.

XIV. A rã Beatriz

Tentei limpar-me, mas a lama entranhara-se na minha roupa. Por sorte, estava sol e sequei depressa. Contudo, parecia um boneco de barro, coberto com a lama seca. Mas continuei o meu caminho, sempre em frente, como me indicara a Matilde.

A paisagem era árida e rochosa, não havia plantas, nem animais. Não sabia ao certo qual a distância que tinha que percorrer.

A certa altura, reparei que o céu ia mudando de cor. Primeiro, esbateu-se num azul muito pálido, tornando-se depois cada vez mais tênue, até ficar completamente branco. Continuei a andar e o céu tingiu-se de cor-de-rosa. Até esfreguei os olhos, para ter a certeza de que estava a ver bem. A cada passo que dava, o tom rosa aumentava de intensidade até que, muito ao longe, vi a superfície lilás do lago.

Tive que caminhar um bom bocado, até o conseguir distinguir com nitidez. Era enorme, a perder de vista. De um lado, erguiam-se enormes montanhas, cobertas por um bosque. Do outro lado, havia uma colina de rocha, sem vegetação. Nas margens do lago, cresciam flores estranhas, com pétalas transparentes, feitas de cristal.

Aproximei-me da berma, mergulhei a mão na água e, para meu grande espanto, esta era transparente, e não lilás. Depois pensei melhor e lembrei-me que os outros lagos que eu conhecia, e até o mar, eram azuis, mas a água era sempre transparente.

Estava eu muito descansado a observar a água transparente do lago lilás, quando um vulto se aproximou. Era uma cegonha branca.

– Quem és tu? – perguntou a cegonha, com o sobrolho levantado.

– Eu sou o Simão sem medo. E tu?

– Eu chamo-me Alvina. – A cegonha olhou em redor, desconfiada, e continuou: – Tu por acaso não viste uma rã passar por aqui?

– Eu acabei de chegar e, até agora, só te vi a ti – respondi eu.

– Estranho. Já a tinha quase no bico e escapou-me por uma unha negra! – disse a cegonha, arreliada.

– Tinhas uma rã no bico? – perguntei eu, intrigado.

– QUASE! Era o meu almoço e escapou-me. Desde que já não há peixes brancos, alimento-me de rãs. Bem, vou continuar à procura. Até logo – sem esperar pela resposta, a cegonha branca levantou voo.

Estava eu a observar a cegonha a afastar-se pelos ares, quando ouvi uma voz tremida a sussurrar por entre as flores de cristal:

– Já se foi embora?

Olhei na direção em que a voz soava, mas não vi nada, nem ninguém.

– Quem é que está aí? – perguntei eu.

– A cegonha já se foi embora? – perguntou novamente a mesma voz.

– Sim – respondi eu, falando para as plantas da beira do lago –, levantou voo e desapareceu.

Foi então que, de entre as flores de cristal, surgiu uma pequena rã, muito luzidia.

– Safa! – disse a rã. – Desta vez, foi mesmo por pouco...

– Ah! Tu é que eras o almoço da cegonha? – perguntei eu, com pena da rã.

Ela fingiu que não ouviu, olhou-me cheia de curiosidade e disse:

– Eu sou a Beatriz, e tu, quem és?

– Eu sou o Simão, Simão sem medo! – respondi eu.

A rã saltitou à minha volta, observando-me de alto a baixo.

– E o que é que vieste aqui fazer? – perguntou ela, curiosa.

– Isso é uma história muito comprida – abreviei eu. – Só te digo que preciso de ir falar com a feiticeira e com os dragões.

Foi então que a rã parou de saltitar e olhou-me muito espantada.

– Com a feiticeira e com os dragões? – perguntou, incrédula.

– Sim, preciso de falar com eles e nem sei como os encontrar – respondi eu.

A rã deu mais uns saltinhos à minha volta e disse:

– Não podes ir ter com a feiticeira nessa figura. Estás cheio de lama seca, pareces sei lá o quê...

– Eu sei – respondi eu, bastante envergonhado. – Caí no lodaçal e não tinha mais roupa para vestir.

A rã Beatriz subiu para uma pedra e disse:

– Então tens bom remédio: lavas a roupa aqui no lago, deixá-la secar ao sol e fica o assunto resolvido. Assim todo porco é que não podes ir ter com a feiticeira. Se ela te vê assim, transforma-te logo num espantalho.

A rã parecia conhecer a feiticeira e, como estava sol e calor, decidi fazer o que ela me dissera.

A lama saiu facilmente e, depois de lavada, estendi a minha roupa a secar sobre umas pedras limpas.

– Pareces um rapaz simpático – disse a rã Beatriz. – Se quiseres, quando a tua roupa estiver seca, eu ajudo-te a chegar à feiticeira.

– Isso seria fantástico! – respondi eu, cada vez mais satisfeito de ter encontrado aquela pequena rã.

XV. O bosque do pé coxinho

A minha roupa secou num instante e eu vesti-me logo, para poder seguir a minha viagem. À medida que eu contornava o lago por terra firme, a Beatriz ia nadando por entre as flores de cristal.

Seguíamos nós, tranquilamente, o nosso caminho quando, de repente, a rã soltou um gritinho e mergulhou no lago. Primeiro pensei que seria a cegonha que teria aparecido novamente em busca do seu almoço. Foi então que, deslizando pela superfície do lago lilás, vi a fada das algas. Só podia ser ela. Usava um vestido esvoaçante verde e azul e tinha asinhas transparentes de mosca como as das fadas que me tinham ajudado a subir a escada preta e branca. Parecia uma bailarina, mas uma bailarina triste: não sorria, nem parecia ter-se apercebido da minha presença. Patinava pelo lago afora, entoando um cântico tão triste como os seus olhos. Acenei-lhe e ela, assustada, fugiu para tão longe que eu deixei de a ver.

Como a rã também não voltou a aparecer, resolvi continuar a contornar o lago lilás sozinho. Sítio estranho aquele, parecia que todos tinham medo uns dos outros.

Já tinha caminhado um bom bocado, quando cheguei ao sopé da montanha. Era enorme, íngreme e coberta por um denso bosque. Fui-me aproximando das primeiras árvores e comecei a ouvir inúmeros chilreios diferentes. Alguns pareciam assobios, outros pareciam guinchos, outros pareciam cornetas. Ia para entrar no bosque, quando ouvi a voz da rã Beatriz atrás de mim, gritando da beira do lago, de entre as flores de cristal:

– Espera, Simão! Cuidado! Para entrares no território da feiticeira, só podes usar o pé direito e, para sair, só podes o usar o esquerdo.

– Ao pé coxinho??

– Sim. Se não o fizeres, ela transforma-te em pássaro.

– Em pássaro? – estranhei eu, virando-me para a Beatriz.

– Sim! – respondeu ela, sussurrando. – Todos esses pássaros que ouves no bosque são todos aqueles que tentaram entrar no território da feiticeira sem mais nem menos... ela transforma-os em pássaros invisíveis e aprisiona-os entre os troncos das árvores! A feiticeira vive numa clareira no meio do bosque. E é nessa clareira que só podes entrar ao pé coxinho: o direito para entrar, o esquerdo para sair.

– O direito para entrar, o esquerdo para sair! – repeti eu, compenetrado. – Obrigado, Beatriz!

Fui caminhando lentamente pelo bosque adentro. O barulho era ensurdecedor e cada vez as árvores e a restante vegetação eram mais densas.

A determinada altura, vi uma clareira ao longe e dirigi-me para ela. Era estranho, quanto mais me aproximava da clareira, menos barulhento era o bosque. Sentia-me inquieto, pois algo me atraía para a clareira, mas também algo me dizia para ter muito cuidado.

Escondido atrás de uma árvore, espreitei para ver se via alguém. Nada. Os chilreios já só se ouviam a ecoar muito ao longe, as copas das árvores filtravam a luz e, no meio da clareira, vi uma flor de cristal, igual às que havia à beira do lago lilás. Só que ali não havia água, nem rãs, nem nada.

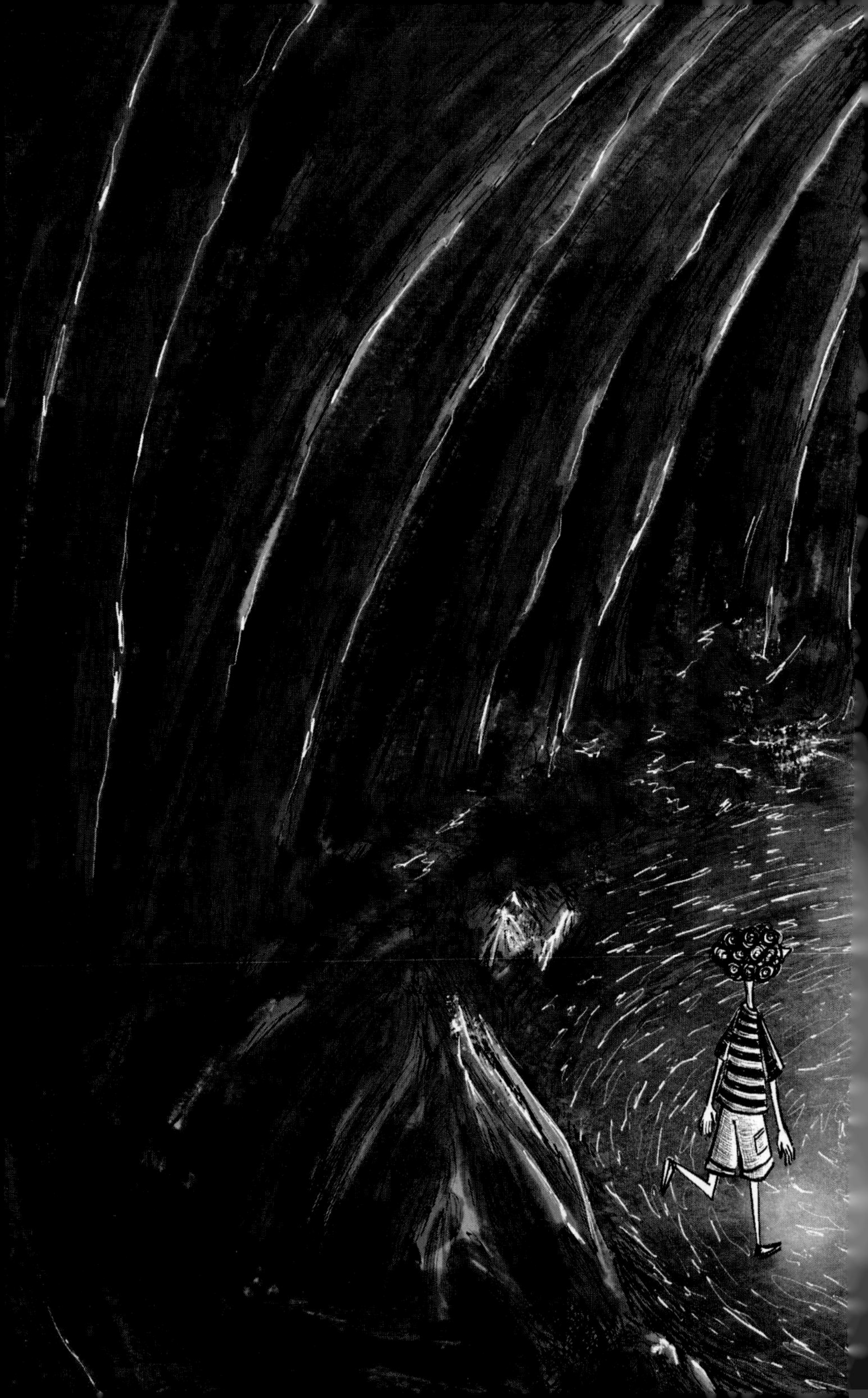

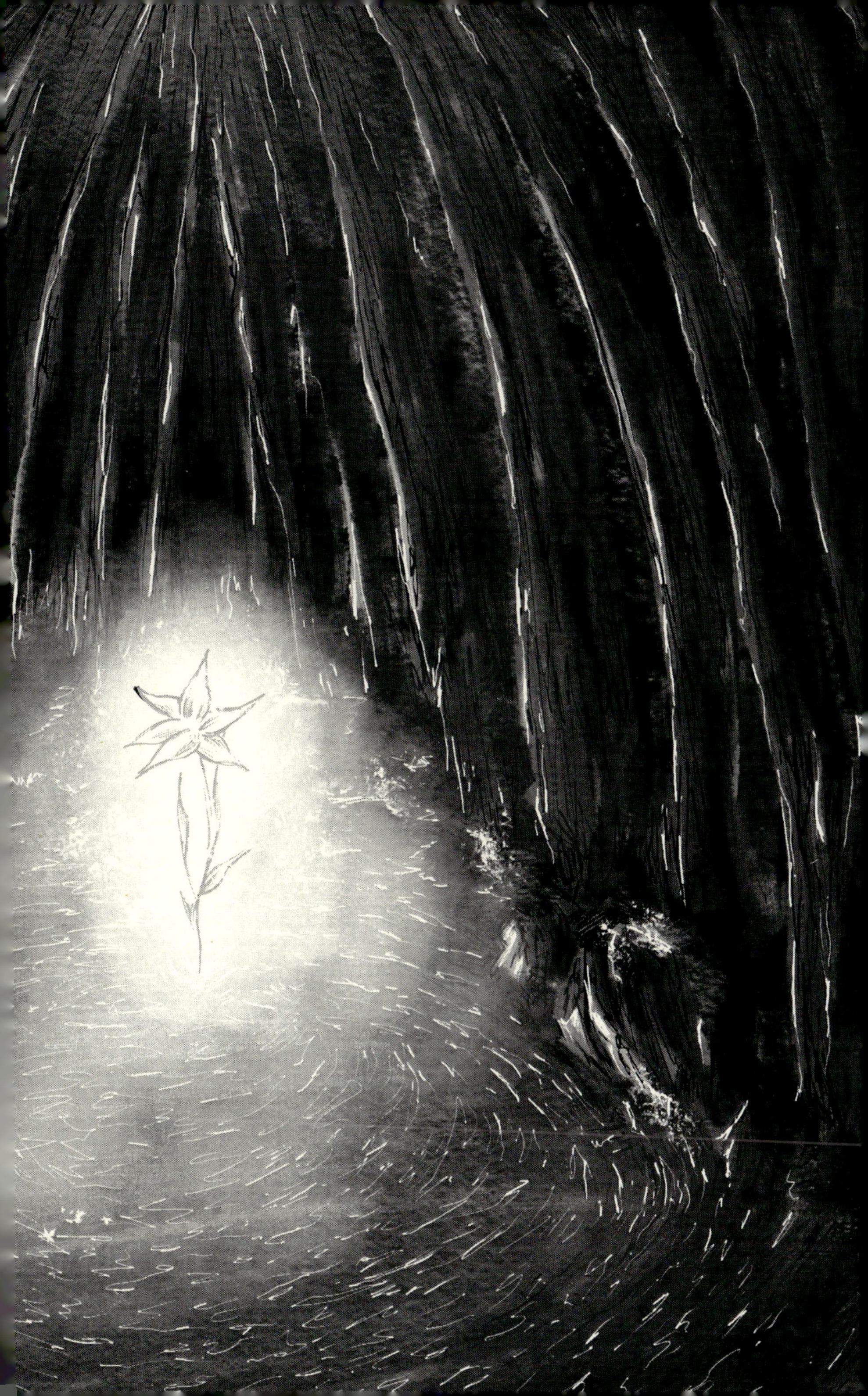

Lembrando-me do que a Beatriz me tinha dito, entrei na clareira com o pé direito. Não tinha a certeza se aquilo já seria território da feiticeira, pois eu nem sabia como distinguir os territórios das feiticeiras. Pelo sim pelo não, achei melhor não pousar o pé esquerdo.

Lá fui eu ao pé coxinho, até à flor de cristal. Nada, da feiticeira nem sombras. Estava quase a pousar o pé esquerdo, achando que ainda não seria ali, quando se ouviu um uivo que silenciou os ecos do bosque. Equilibrei-me no pé direito, vi que a flor de cristal crescia cada vez mais e, de repente, uma voz de trovão ordenou:

– Põe o pé na pétala!

– Quem é que está aí? – perguntei eu, equilibrando-me na perna direita. – És a feiticeira?

– O pé na pétala! Depressa! – vociferou a voz de trovão. – Pé na pétala, pé na pétala, pé na pétala…

Como a flor de cristal crescia cada vez mais, resolvi saltar para a sua pétala, antes que fosse demasiado tarde, e a flor demasiado alta.

Foi mesmo no momento certo. Tinha acabado de saltar para a pétala e a flor cresceu mais do que as árvores do bosque, elevando-me até ao nível das poucas nuvens. As pétalas da flor de cristal tornaram-se cada vez maiores e, do centro da flor, surgiu uma esfera do tamanho de uma bola de futebol.

A esfera rodopiou sobre si própria, soltou uma névoa azul escura e a feiticeira apareceu. Só podia ser ela: tinha cabeça de cabra, com enormes chifres azuis retorcidos e uma barbicha cinzenta. As mãos contudo eram de lagarto, cobertas de escamas lilases e unhas compridas da mesma cor. A feiticeira estava vestida com uma enorme túnica amarelo açafrão da qual, em baixo, surgia uma enorme cauda de lagarto, também coberta de escamas lilases.

XVI. A feiticeira

– Com que então, és tu o Simão sem medo? – disse a feiticeira com a sua voz de trovão e com a mão direita fechada em frente do peito.
– Sim, sou! – respondi eu, acanhado. – Como é que sabes?
– Hahahahahaha! – a feiticeira soltou uma gargalhada como eu nunca tinha ouvido, trovejante e estridente. – Eu sei TUDO! Até sabia que vinhas a caminho.
– Sabias que eu vinha à tua procura? – perguntei eu, espantado.
– Claro! – nesse instante, a feiticeira abriu a mão direita e mostrou a rã Beatriz.
– Beatriz! – murmurei eu. Certamente que tinha sido ela que tinha avisado a feiticeira da minha chegada.
A feiticeira colocou a Beatriz sobre o seu ombro e aproximou-se de mim. Caminhava descalça, tinha cascos de cabra e, esticando os dedos de lagarto na minha direção, vi que usava um anel com uma enorme pedra preciosa no indicador da mão esquerda.
– Afinal o que queres de mim? – disse a feiticeira, aproximando o seu nariz do meu.
– Não sabes? – respondi eu, atrevido. – Pensei que sabias tudo.
A feiticeira voltou a afastar o nariz do meu. Observou-me durante alguns momentos e trovejou:
– Sim senhora! És um rapaz esperto – sorriu ela, erguendo o anel.

Da pedra preciosa surgiu novamente a mesma névoa azul que foi aumentando de tamanho sobre nós. Depois de vários remoinhos, algumas imagens começaram a ganhar nitidez e, no interior da nuvem azul, vi-me a mim próprio. Primeiro, no jardim com a cerejeira, depois, no palácio real, depois, no pântano.

– És esperto e valente, pelo que vejo – disse a feiticeira, observando atentamente o que a nuvem azul lhe mostrava.

– Sou valente sou. Mas já me dói a perna direita... – tal como a rã Beatriz me tinha avisado, não tinha pousado o pé esquerdo. – Posso ir direto ao assunto?

– Diz lá então – respondeu a feiticeira, soprando na nuvem azul que se desfez no ar.

– Preciso de uma poção mágica para transformar o palácio do rei dos mares novamente em palácio – expliquei eu o mais depressa que podia, pois, não tardava nada, tinha que trocar de perna e, quando o fizesse, teria que sair do território da feiticeira. E continuei: – Assim, a fada das algas pode voltar para casa e o lago volta a ser teu.

– E qual é o teu interesse em que o lago volte a ser meu? – disse a feiticeira, desconfiada.

– Tudo volta a ser como era antigamente e os dragões soltam Dona Melina, a rainha das abelhas. Assim, as cerejeiras do reino podem ser polinizadas e já poderemos fazer almofadas para que a princesa Florinda durma de noite e não de dia – respondi eu, com a perna direita a tremer cada vez mais.

– Bem – continuou a feiticeira –, primeiro, digo-te já que o lago nunca foi meu, nem eu tenho pretensões de ele vir a ser meu. O que é da natureza, a ela pertence. Não sei quem te contou esses disparates...

– É que... – comecei eu a explicar, mas a feiticeira não queria ouvir, e continuou.

— Eu ajudo-te, mas que fique bem claro que não é por querer ser dona do lago. É apenas para ajudar a repor o equilíbrio da natureza — e deu uma festinha na Beatriz que ainda estava no seu ombro.

Não disse mais nada para evitar prolongar a conversa.

— Uma poção mágica para o palácio do rei dos mares… hm… — disse a feiticeira, pensativa.

— Ou então — interrompi eu a feiticeira, que não se despachava —, convences os teus demónios nariguvos a quebrar o encanto que puseram na princesa Florinda…

— Isso é impossível! — ripostou a feiticeira de imediato. — Aquele patife roubou uma poção sem antídoto.

— Aquele? — perguntei eu, admirado. — Mas foi só um?

— Foi — respondeu a feiticeira. — Até hoje o único que me traiu…

— Tenho que me ir embora! — respondi eu, quase a pousar o pé esquerdo.

— Leva isto! — a feiticeira retirou da algibeira da sua longa túnica amarela uma pétala de cristal de uma das flores do lago. — Com esta pétala na boca, poderás respirar debaixo de água. Quando chegares ao reino dos mares, chamas o espadarte Leandro e dizes que vais da minha parte. Pedes-lhe que te leve à anémona de cristal. Colocas esta pétala dentro da anémona e o feitiço quebrar-se-á.

Mal tinha agarrado na pétala de cristal quando tive mesmo que pousar o pé esquerdo e levantar o direito. Não podia pousar os dois ao mesmo tempo no território da feiticeira, senão ela transformar-me-ia em pássaro invisível.

A feiticeira desapareceu noutra nuvem azul. A flor de cristal encolheu rapidamente e eu saltitei ao pé coxinho para fora da clareira. Assim que pude colocar os dois pés no chão, desatei a correr em direção ao lago lilás, e só descansei quando cheguei à margem. Estava estafado, ofegante e com as pernas ainda a tremer do esforço. Ao longe, a fada das algas continuava o seu bailado triste, entoando os seus cânticos ainda mais tristes à superfície do lago lilás.

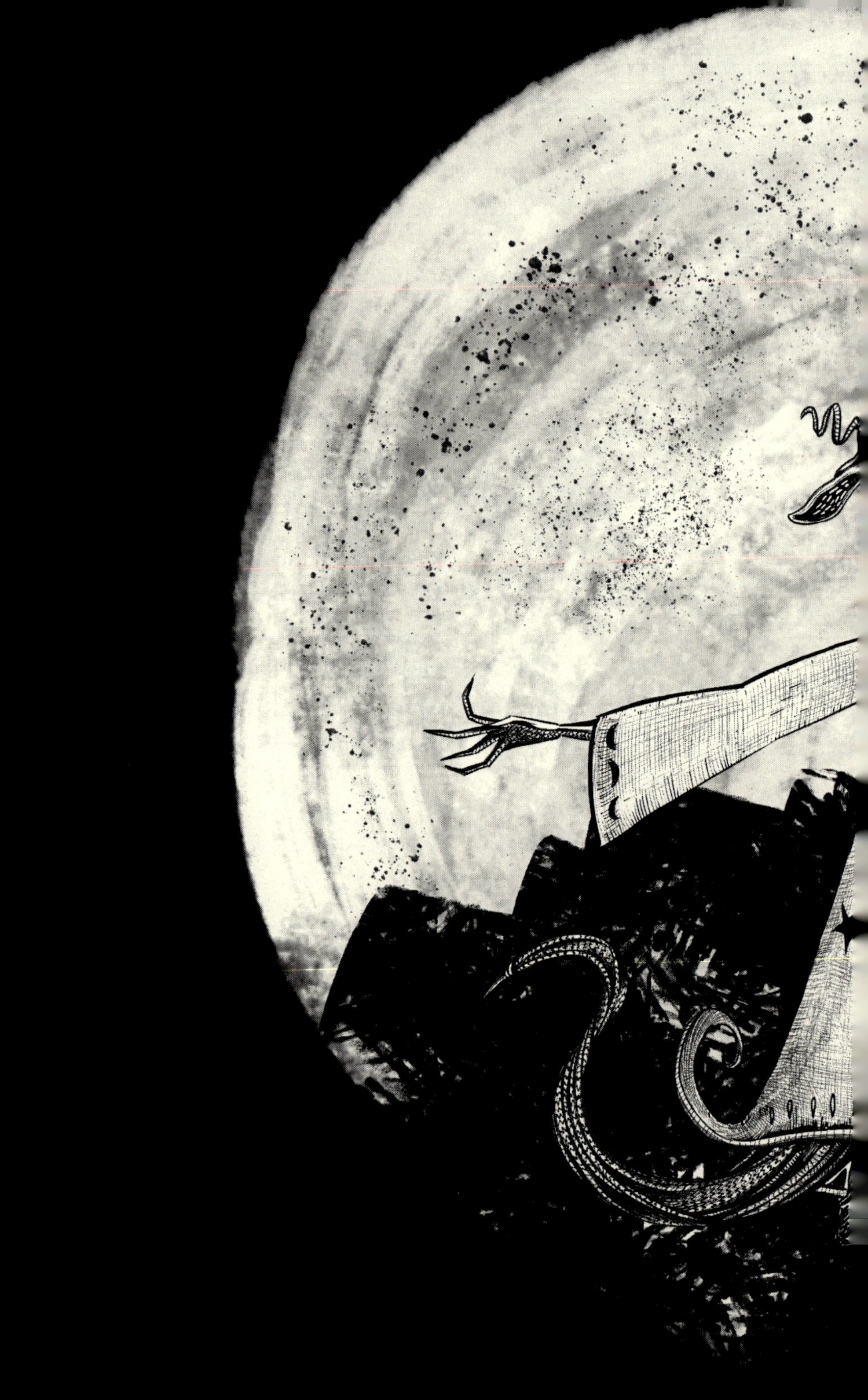

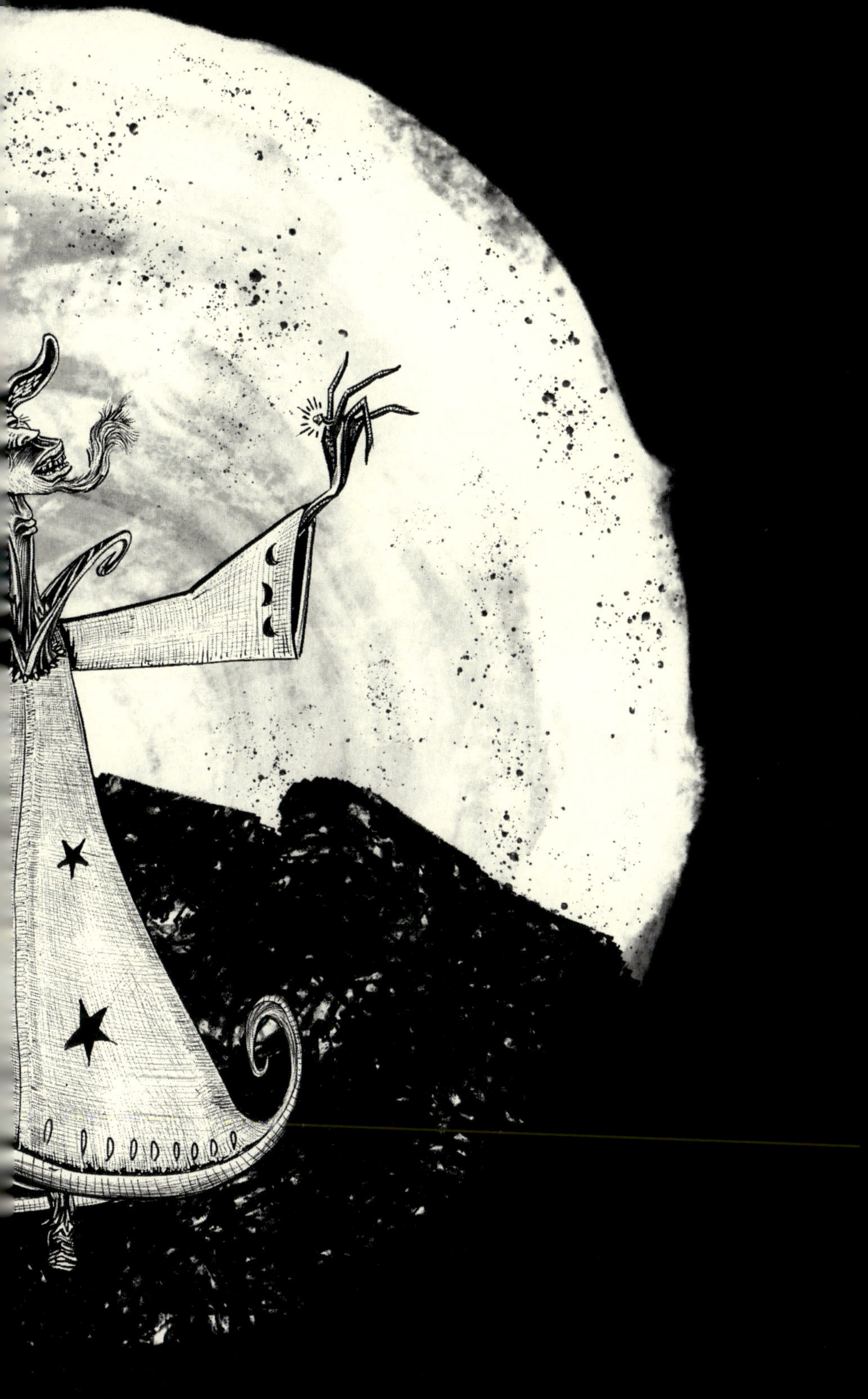

XVII. A *ponte de cristal*

Depois de descansar um pouco, preparava-me para iniciar o caminho de volta em busca da gruta dos dragões, quando a Beatriz saltou de entre as flores de cristal que contornavam todo o lago lilás.

— Portaste-te muito bem. Nunca pensei que a feiticeira te ajudasse — disse a Beatriz, sorridente.

— Deixaste-me sozinho... — respondi eu, com cara de poucos amigos. — Pensei que eras minha amiga, mas desapareceste no lago sem sequer me dizeres adeus... — disse eu, um pouco magoado.

— Não sejas tonto! Não percebes que tive que me adiantar? E eu sou menor do que tu... — a rã piscou-me o olho, lembrou-me a avó Celeste. — Fui avisar a feiticeira de que tu estavas para chegar. Ela não gosta de visitas de surpresa.

— E o que queres agora? — perguntei eu, ainda amuado.

— Ajudar-te! — retorquiu a rã.

— Eu já não preciso da tua ajuda... deixa-me em paz... — estava mesmo zangado com a aquela rã que me tinha deixado sozinho sem mais nem menos.

— Ah sim? E como é que queres chegar à gruta dos dragões sozinho? — perguntou a rã, trocista.

— Eu safo-me! — respondi eu, começando a contornar o lago, de regresso ao ponto onde lavara a roupa.

— Se fores por aí, nunca mais chegas! — disse a rã mais uma vez, desaparecendo logo de seguida nas águas do lago lilás.

Fiquei tão zangado que gritei em direção do lago:

– Se estás sempre a desaparecer, porque é que não me deixas sozinho de uma vez por todas? – as minhas palavras ecoaram pelo lago afora.

Estava sem saber o que fazer. Por um lado, sabia que a gruta dos dragões era do lado oposto do território da feiticeira. Por outro, a rã Beatriz acabara de me dizer que o caminho que eu queria seguir estava errado.

Foi então que ouvi um ruído estranho vindo da terra e do lago. Um zumbido, um ranger. A água do lago lilás começou a vibrar, a Beatriz fora-se, e, subitamente, as flores de cristal que rodeavam o lago começaram a crescer. As pétalas aumentavam, como quando a feiticeira surgiu, e os caules entrelaçaram-se, formando primeiro colunas e depois uma ponte que atravessava o lago. Era uma ponte de cristal, feita das pétalas das flores, suportada pelos caules das mesmas.

– Pé na pétala! – soou uma voz longínqua, transportada pelo vento.

– Quem está aí? – perguntei eu, olhando em todas direções. Mas não havia ninguém.

– Pé na pétala! – repetiu a mesma voz, suavemente. – Pé na pétala, pé na pétala, pé na pétala…

Desta vez, pelo menos, não me tinham dito que tinha que ir ao pé coxinho.

Cautelosamente, subi para a ponte de cristal que se estendia até ao horizonte. Caminhei durante muito tempo, surpreendido pela firmeza das pétalas de cristal que pareciam tão delicadas.

Quando cheguei ao fim da ponte, olhei para trás e já nem conseguia distinguir a outra margem. Muito lá ao fundo, vi a montanha coberta pelo bosque, onde agora sabia haver uma clareira onde morava a feiticeira.

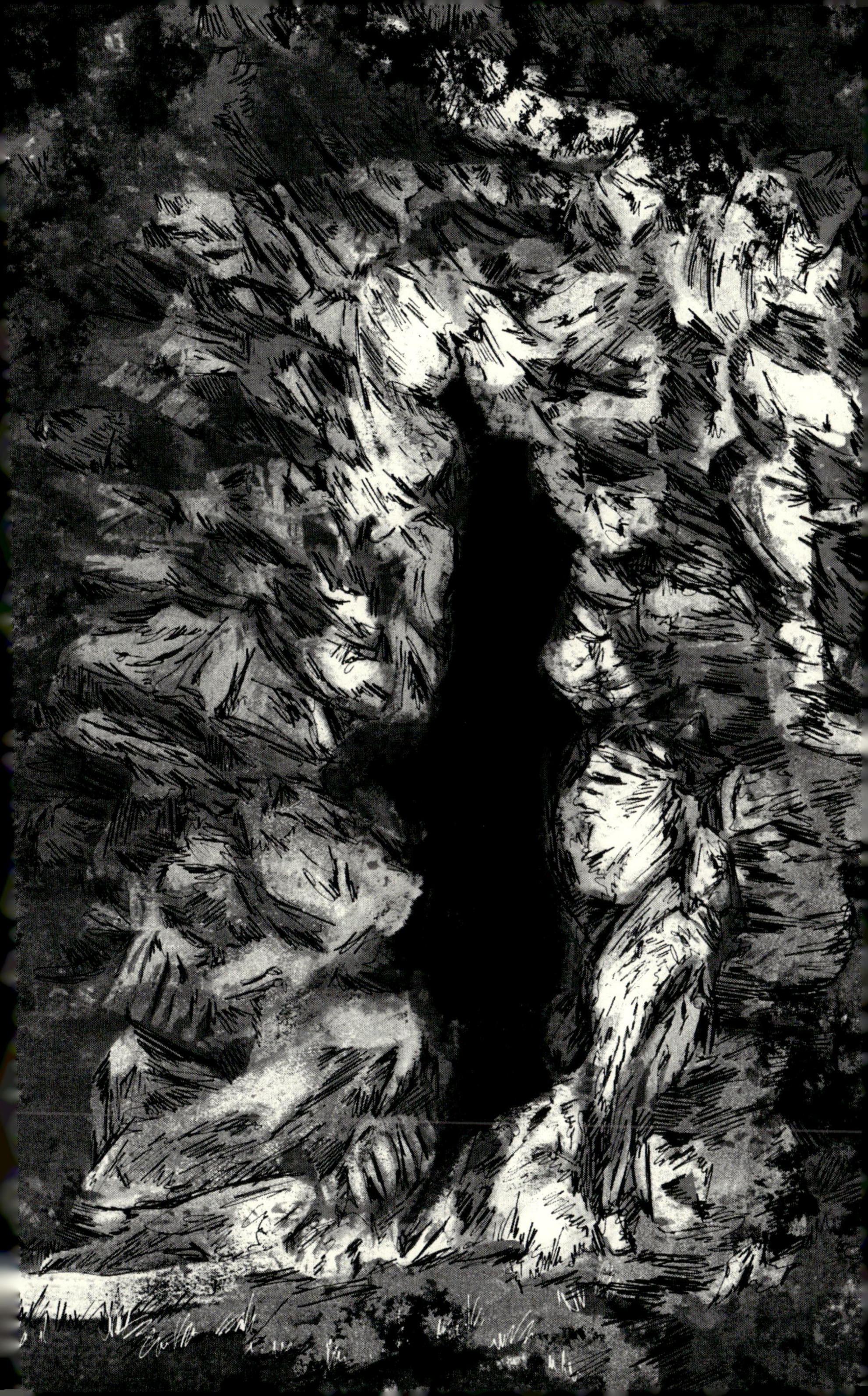

Desci para a terra firme e, de imediato, voltou a ouvir-se o mesmo zumbido, o mesmo ranger, e as flores moveram-se de novo. Encolheram, desprenderam-se umas das outras, voltando à sua forma de sempre, e a ponte desapareceu.

Deste lado da margem, não havia árvores. Havia apenas um rochedo enorme, com uma grande entrada, do tamanho de um prédio de dois andares. Tinha a certeza que era a entrada para a gruta dos dragões.

Trepei pela escarpa, até chegar a um terreiro que, simultaneamente, era uma varanda panorâmica. Que vista magnífica: o lago lilás lá em baixo, rodeado das flores de cristal e a montanha lá muito ao fundo, quase, quase no horizonte.

XVIII. Os dragões

A entrada da gruta estava coberta de musgo e de cogumelos gigantes de todas as cores. Aproximei-me e chamei:
– Olá! – a minha voz reverberou num eco longínquo: "olá-lá-lá-lá-á-á…".
Achei graça àquele eco e voltei a gritar, desta vez mais alto:
– Olá, eco! – e o eco voltou a responder: "olá eco-láeco-eco-é-é…"
Estava eu muito divertido a brincar com palavras e com o eco, quando, subitamente, outra voz se sobrepôs ao eco. Era uma voz doce e suave, parecida com a da minha mãe.
– Mas que chinfrim vem a ser este? – disse a tal voz.
Nessa altura, deixei-me de brincadeiras com o eco e fiquei muito atento à entrada da gruta, à espera do que dela sairia.
Não tive que esperar muito, até ver um enorme dragão dourado espreitar cá para fora, olhando em todas as direções, até fixar os olhos em mim.
– Olá! – disse eu, à laia de desculpa. – Eu sou o Simão sem medo…
– Olá, Simão, muito prazer. Eu sou a Julieta – disse o dragão, que afinal era um dragão-fêmea. – Foste tu que estiveste a gritar para dentro da nossa gruta?
– Fui… – respondi eu, algo acanhado. – Achei graça ao eco… peço desculpa.
A Julieta ficou a olhar para mim com os olhos muito abertos e, quando eu achava que ela ia ter um ataque de fúria, desatou às gargalhadas.

— Hahaha! Não tens que pedir desculpa, Simão! – respondeu a dragão-fêmea. – Eu também gosto do eco da nossa casa, só que já me habituei. – Depois de um sorriso sincero, ela continuou: – Mas o que te traz até aqui? Nunca recebemos visitas, todos têm medo de nós e nem se aproximam da entrada da gruta.

— Eu sou o Simão sem medo, não tenho medo de ti! – respondi eu.

— E fazes bem! Não há motivo nenhum para teres medo de mim! – disse a Julieta, penteando as escamas douradas da sua cabeça. – Nem de mim, nem da Helena.

— Helena? Quem é a Helena? – perguntei eu, confundido.

— A Helena é a minha namorada – respondeu a dragão-fêmea. – Vivemos nesta gruta há séculos e séculos. Fico contente que tenhas aparecido. Conta-me lá, afinal o que é que te trouxe aqui?

— Eu preciso de carona – respondi eu, aliviado por constatar que os dragões afinal eram simpáticos, pelo menos um deles. – Tenho uma pétala mágica para levar ao reino dos mares.

— Ao reino dos mares? – estranhou a Julieta.

— Sim, para que a fada das algas volte para lá assim que possível e vocês libertem Dona Melina – expliquei eu.

— Nós o quê?? – exclamou a Julieta, indignada.

— Libertem a rainha das abelhas! – respondi eu.

— A rainha das abelhas??? – E gritou para dentro da gruta: – Helena! Chega aqui num instante!

Passado um momento, a segunda dragão-fêmea saiu da gruta. Esta era prateada, e um pouco maior do que a Julieta.

— Ah, temos visitas! – também esta parecia ter ficado contente com a minha presença. – Quem é?

— É o Simão – respondeu a Julieta.

— Simão sem medo! – completei eu.

— E o que vieste aqui fazer, Simão sem medo? – perguntou a Helena, ondulando a enorme cauda de contentamento.

– Ele diz que quer que libertemos a Dona Melina, a rainha das abelhas – adiantou-se a Julieta.

– Nós?? – respondeu a Helena, igualmente admirada. – Mas o que é que nós temos a ver com isso?

Naquele momento, fiquei sem perceber nada. Afinal, parecia que os dragões não tinham participado do rapto de Dona Melina.

XIX. A verdade

Era necessário esclarecer aquela situação de uma vez por todas. Decidi, por isso, contar a mesma história que a avó me tinha contado a mim. Havia dois problemas.

Primeiro problema: contei que a rainha, Dona Azeviche, tinha proibido os demónios narigudos de assustarem as crianças do reino durante a noite. Depois, contei que os demónios, furiosos, roubaram uma poção à feiticeira, para que a princesa Florinda só conseguisse dormir durante o dia e passasse as noites acordada. E continuei, explicando que, por pedido do rei Dom Alvor, a rainha das abelhas, Dona Melina, tinha atenuado o feitiço dos demónios. Ou seja, a princesa dormiria de noite, se todos os domingos recebesse uma almofada cheia de caroços de cereja.

Segundo problema: a fada das algas pedira asilo a Dona Azeviche e a Dom Alvor. Por engano, a fada tinha transformado o palácio do rei dos mares num enorme recife de coral. Ele ficou furioso e expulsou a fada do seu reino. Dona Azeviche e Dom Alvor resolveram alojar a fada no lago lilás, o que aborreceu tanto a feiticeira como os dois dragões, que se achavam donos do lago. Por isso, os dragões raptaram Dona Melina, sem a qual as abelhas deixaram de sair das colmeias. Sem abelhas, as flores de cerejeira não eram polinizadas e não nasciam mais cerejas no reino. E, sem cerejas, não havia caroços para as almofadas da princesa Florinda.

– Por isso – concluí eu –, resolvi ir ao reino dos mares, desfazer o feitiço do palácio. Assim, a fada das algas pode voltar para casa.

Vocês podem libertar a Dona Melina e o problema das cerejeiras ficará resolvido. E o dos sonhos da princesa Florinda também.

– Muito bem, Simão sem medo! – disse a Julieta, calmamente. – Em todas as histórias há sempre dois lados. É injusto julgar quem quer que seja ouvindo apenas um lado da história. Agora, vou contar-te eu como as coisas realmente se passaram. Grande parte do que disseste é verdade. Contudo, nem nós, nem a feiticeira, nos importamos nada que a fada das algas tenha vindo viver para o lago. E não fomos nós que raptamos a Dona Melina.

– Mas a minha avó disse… – tentei eu interromper, achando que a avó sabia tudo.

Mas a Julieta continuou:

– Não, Simão. A tua avó contou-te a história que ela própria ouviu contar lá longe, nos cerejais. A verdade é que tu foste o primeiro que aqui apareceu desde então. Nunca ninguém nos veio perguntar nada. Todos evitam falar conosco e, por isso, continuam a acreditar nessa história que acabaste de contar.

– Se queres saber a minha opinião – continuou a Helena, a dragão-fêmea prateada –, os demônios nariguados são os que têm o maior interesse em que a Dona Melina tenha desaparecido…

Com esta é que eu não contava. Além de serem simpáticas, a Julieta e a Helena estavam inocentes no rapto de Dona Melina. Retirei a pétala de cristal do bolso e olhei-a tristemente.

– Que olhar triste é esse? – perguntou a Helena.

– A feiticeira deu-me esta pétala para desfazer o encanto do palácio do rei dos mares. Dessa maneira, a fada das algas regressaria a casa e a Dona Melina seria liberta. Mas assim é inútil. Esta pétala não adianta nada.

– Adianta sim, Simão! – retorquiu a Julieta, ternamente.

– Adianta como? – perguntei eu.

– Podes ajudar na mesma a fada a voltar para casa – continuou a dragão-fêmea. – Ela está muito triste, desde que vive aqui no

Simão sem medo 81

lago lilás… podes não ajudar, para já, a princesa Florinda. Mas podes ajudar a fada das algas e restabelecer o equilíbrio no lago lilás. Depois, logo se vê como ajudar a princesa Florinda.
– E vocês levam-me ao reino dos mares? – perguntei eu, mais animado.
As duas dragões-fêmeas entreolharam-se, sorriram-me, piscaram-me o olho e a Julieta respondeu alegremente:
– Levamos pois! Vamos os três ao reino dos mares, quebrar o feitiço do palácio do rei.
Enquanto eu esperava que a Julieta e a Helena se preparassem para a viagem, sentei-me na varanda panorâmica, em frente da gruta onde moravam. Fiquei ali a observar os bailados da fada das algas à superfície do lago, lá ao longe. Até os seus bailados pareciam tristes, melancólicos. Fiquei com mais vontade ainda de a ajudar a regressar a casa.

Simão sem medo 83

XX. A tamboril *Sofia* e o espadarte *Leandro*

– O reino dos mares fica muito longe daqui, Simão! – disse a Helena.
– Temos que voar muito depressa! – acrescentou a Julieta, abrindo as enormes asas douradas e ondulando a cauda.

Guardei a pétala de cristal no bolso, trepei para o dorso da Julieta e agarrei-me à sua crista encarnada. Primeiro, levantou voo a Helena, depois eu e a Julieta. As duas tinham asas enormes, cobertas de escamas luzidias. As da Julieta douradas, as da Helena prateadas. No início da viagem, planamos sobre o enorme lago lilás e contornamos a montanha onde vivia a feiticeira.

Depois de passarmos a montanha, as duas dragões-fêmeas aumentaram tanto a velocidade que eu tive que fechar os olhos e agarrar-me às escamas e à crista da Julieta com muita força. Não sabia por onde passávamos, nem que terras sobrevoávamos. Voamos muito, muito tempo, até que senti a Julieta a abrandar. A pouco e pouco, quando continuamos em voo planado, consegui finalmente abrir os olhos. Lá em baixo, via-se o mar azul, estendendo-se até perder de vista. Foi então que me apercebi do cheiro a maresia e do ruído calmo da ondulação.

Já tínhamos percorrido um longo trajeto, quando a Helena, lá à frente, começou a descer para a água, acabando por amarar. A Julieta fez o mesmo, e eu pude respirar fundo.

– Estás bem? – perguntou-me a Julieta.

Ainda não conseguia falar, mas acenei que sim com a cabeça. Tinha o corpo e a voz a tremer um bocadinho. Nunca tinha viajado àquela velocidade e muito menos pelo ar, às costas de um dragão.

– Podemos ficar aqui – disse a Helena. – Agora é contigo, Simão. Nós ficamos aqui à tua espera.

Nesse instante, as duas dragões-fêmeas fecharam as asas, encolheram o pescoço e as caudas e ficaram ali a flutuar, lado a lado, uma ilha dourada e outra prateada.

Despi a minha roupa, estendi-a no dorso da Julieta e coloquei a pétala de cristal na boca, tal como a feiticeira me dissera. Olhei aquela imensidão azul, respirei fundo o ar carregado de maresia e mergulhei.

Era verdade, não sentia necessidade de respirar. Sentia apenas uma ligeira comichão no céu da boca, provocada pela pétala de cristal.

Fui nadando para o fundo do mar. A luz dentro de água era tênue e azulada, e, lá em cima, junto à superfície, os raios de sol entravam na água como espadas luminosas. Muito ao longe, passavam cardumes de peixes prateados e, no fundo, havia um bosque de algas e limos. Antes de chegar ao fundo, cruzei-me com um tamboril. Tinha cara de poucos amigos. Era um peixe muito feio e com um ar muito mal-humorado, pensei eu.

– Sim, sou feia! – disse-me o tamboril com voz feminina, surpreendendo-me por ter sabido o que eu estava a pensar.

"Não tinha querido ofender!", pensei eu.

– Não me ofendeste – respondeu a tamboril, agora risonha.

"Ah, ela consegue ler-me os pensamentos!"

– Pois consigo! – continuou a tamboril, um pouco envaidecida. – Todos os habitantes dos mares sabem ler os pensamentos. E tu, quem és?

"Sou o Simão sem medo", respondi eu, em pensamento. "Venho à procura do palácio do rei dos mares."

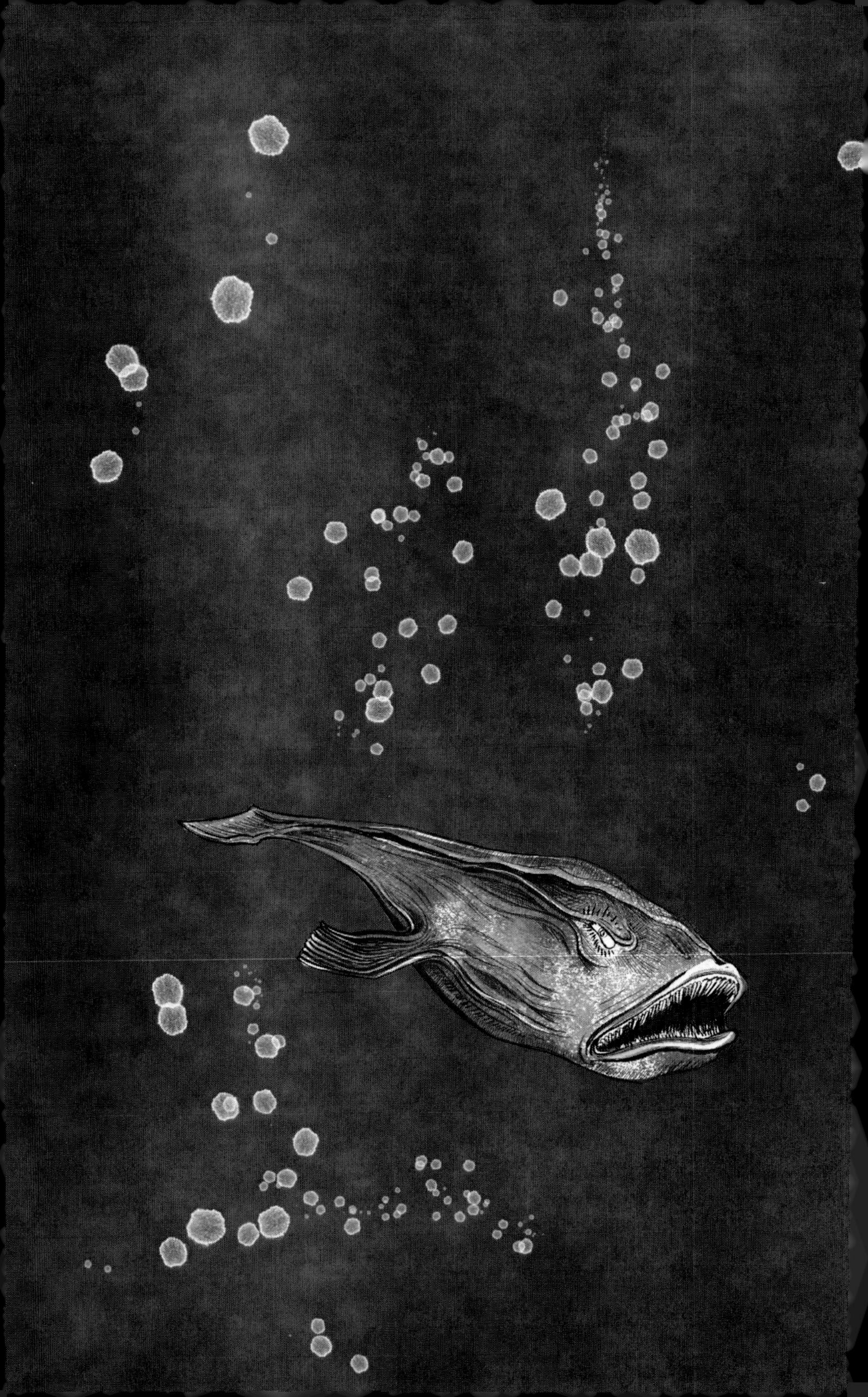

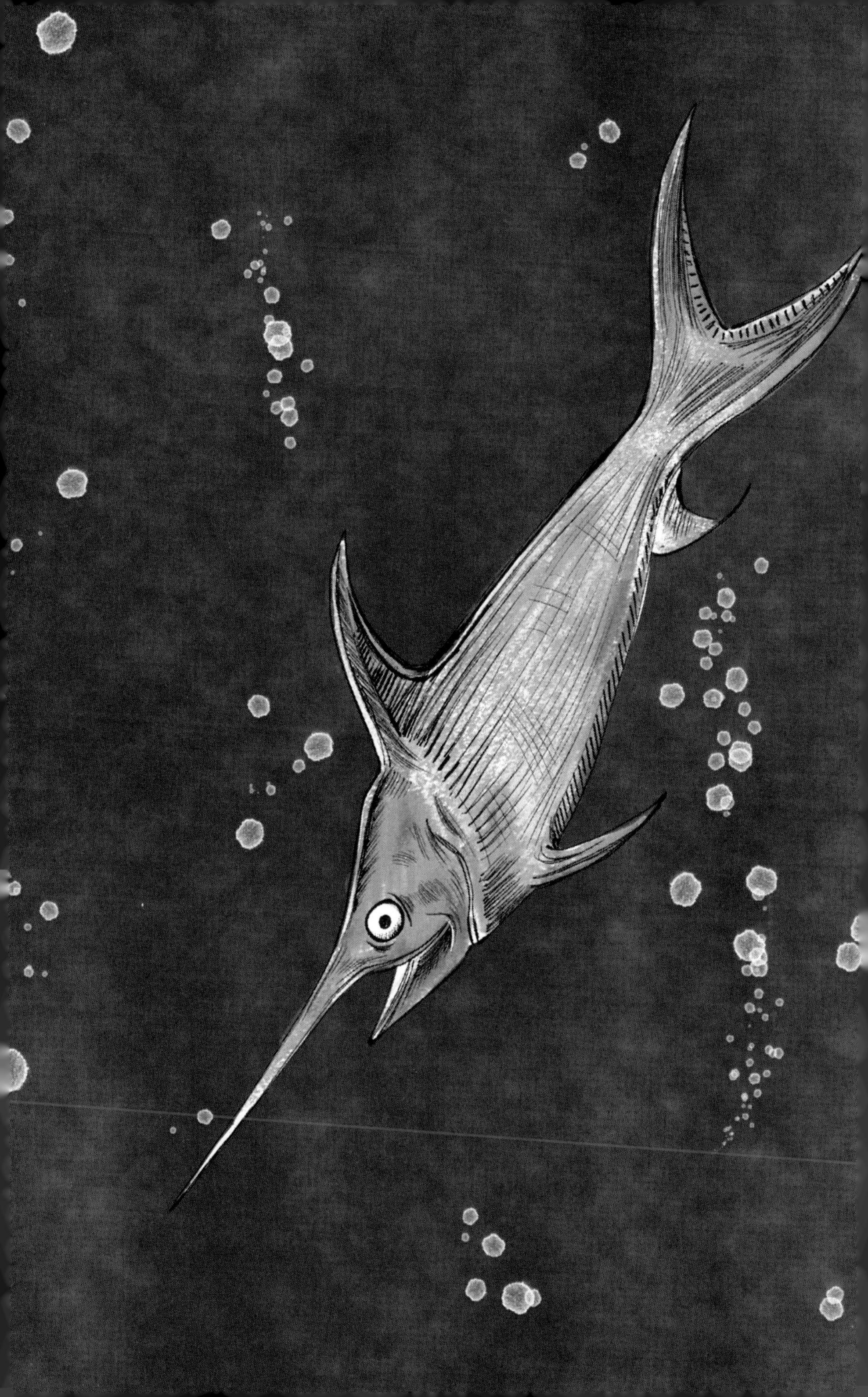

– Eu sou a Sofia! Estás com sorte, Simão! – respondeu a tamboril. – O meu marido conhece muito bem o palácio. Ele costumava ser guarda do portão principal.

"Costumava?", pensei eu.

– Sim – retorquiu a Sofia, entristecida –, infelizmente o palácio foi transformado num enorme recife de coral e deixou de ter portas e janelas... desde então, o meu marido está desempregado...

Tive pena da tamboril e pensei "Eu posso ajudar-vos. Tenho algo para pôr o palácio novamente em forma de palácio!"

– A sério? – exclamou a Sofia, meio contente, meio desconfiada. E chamou bem alto: – LEANDRO! LEANDROOO!!!

Pouco depois, surgiu um espadarte enorme, muito azul. E lembrei-me do que a feiticeira me tinha dito.

– O que foi? – disse o espadarte, com voz grossa. – Estás bem? Quem é este?

– É o Simão sem medo – respondeu ela. – E diz que tem remédio para o palácio de coral...

"Venho da parte da feiticeira do bosque. Só preciso que me levem junto do rei!", pedi eu, em pensamento.

XXI. Junto do rei dos mares

Depois de muita conversa, e de pensamentos transmitidos, lá consegui convencer o espadarte Leandro a levar-me junto do rei.

Nadamos um pouco e, por trás de um denso bosque de algas, chegamos a um enorme coral encarnado.

– É aqui! – disse o espadarte, olhando melancólico para o que fora, outrora, o palácio real. – Espera um momento que eu já volto.

Ali fiquei sossegado à espera. Eu até gostei do coral encarnado gigante. Parecia-me até mais bonito do que qualquer um dos palácios que eu já tinha visto.

O espadarte Leandro regressou rapidamente.

– O rei vai receber-te já! – disse ele, um pouco nervoso.

Contornamos o enorme coral e seguimos por um desfiladeiro, escurecido por altos limos gigantescos. No fim do desfiladeiro, havia um rochedo, com uma entrada subterrânea. Quando nos aproximamos, uma moreia enorme avançou na nossa direção, ameaçadora.

– Calma! – disse-lhe Leandro. – Sou eu e este rapaz que o rei quer receber.

A moreia anuiu, observou-me atentamente e regressou ao seu posto de vigia. Ainda lhe sorri ao entrar no rochedo, mas não houve resposta. Ali estava alguém que levava a sua tarefa de proteger o rei muito a sério.

Ao fundo de um corredor baixinho, chegamos a uma câmara rochosa, muito escura. Quando me habituei à escuridão, vi uma mesa, no centro da qual estava uma compoteira de madrepérola e, sentado num cadeirão, o rei dos mares, de longos cabelos verdes e coroa reluzente, olhando-me com ar grave.

– Com que então, tu tens uma solução para o meu palácio? – rugiu ele.

"Tenho sim!", pensei eu, sem falar, habituado que já estava à linguagem submarina.

Mas o rei não era um peixe e não me conseguia ouvir. Depois de alguns segundos olhando-me expetante, o rei exclamou impaciente:

– Então?? Não respondes??

"Sim! Tenho maneira de transformar novamente o palácio em palácio!", pensei eu o mais alto que pude, apercebendo-me nesse momento de que, em pensamento, não é possível falar mais alto. Por sorte, o Leandro ajudou-me:

– Ele não sabe falar debaixo de água alteza… é um humano e por isso não pode abrir a boca… mas eu li-lhe os pensamentos e ele diz que sim, que consegue quebrar o feitiço do palácio.

– E como? Pode saber-se? – respondeu o rei, muito desconfiado.

"Eu tenho uma pétala de cristal na boca. Colocando-a no interior da anémona real, o feitiço quebra-se e o palácio volta à forma inicial", pensei eu, retirando a pétala da boca com muito jeitinho, enquanto o espadarte transmitia ao rei os meus pensamentos.

– Hm… – murmurou o rei, cofiando a barba verde. – Não vejo desvantagem em experimentar. E tu, Leandro?

– Eu também não! – respondeu o espadarte.

Então, o rei levantou-se do seu cadeirão. Aproximou-se da compoteira de madrepérola e abriu-a cerimoniosamente. Voltou a sentar-se no cadeirão e fez-me sinal para avançar. Da compoteira tinham começado a estender-se inúmeros tentáculos de todas as cores do arco-íris. Cada vez eram mais, até que quase cobriam a mesa inteira. Era a anémona real. Com muito cuidado, coloquei a pétala no seu interior e a anémona fechou-se instantaneamente, recolhendo a pétala com os tentáculos coloridos para o interior da compoteira de madrepérola. O rei voltou a levantar-se do cadeirão. Aproximou-se novamente da compoteira e voltou a colocar-lhe a tampa.

– Bem, era só isto? – perguntou o rei, com expressão sisuda.

Eu assenti que sim. E tentei não pensar em mais nada naquele momento. Nunca tinha tentado não pensar em nada.

– Foi simples – disse o espadarte Leandro, com contentamento.

– Bem – retorquiu o rei, ainda com as suas suspeitas –, não sabemos se resultou... vamos lá fora ver o resultado.

XXII. Quebrou-se o feitiço

Quando saímos da sala do trono, deparamo-nos com um gigantesco palácio. As suas paredes eram negras e estavam cobertas por todas as espécies de conchas, bivalves e limos escuros. A expressão do rei dos mares iluminou-se e ele ficou tão satisfeito que me abraçou, emocionado.

Rapidamente, porém, senti que o ar me faltava. Sem a pétala mágica dentro da boca, eu precisava de ar. Só pensava em respirar, mas estavam todos tão eufóricos com o ressurgimento do palácio, que nenhum dos seres marinhos escutava o que eu pensava. O rei rejubilava e cumprimentava os elementos da corte que se aproximavam, fascinados. Cada vez mais cardumes de peixes se aproximavam. Sofia e Leandro dançavam de contentes. Estava a ficar mesmo aflito e nadei até ao espadarte que, felizmente, me leu os pensamentos e foi buscar um golfinho que, por sua vez, expirou uma enorme bolha de ar para eu poder respirar.

O rei estava hilariante, observando o seu palácio de vários ângulos e distâncias. Cada vez mais peixes, e outras criaturas marinhas, se juntavam à festa. Eu nem tive coragem de lhe dizer que achava o palácio bem mais bonito em forma de coral encarnado, do que preto e cheio de conchas e limos escuros.

– Temos que celebrar! – exclamou o rei, mais que contente. – E este rapaz é o nosso herói!

"Eu não posso ficar majestade, tenho as minhas amigas Helena e Julieta à minha espera para voltar para o nosso reino", pensei eu, olhando para Leandro para ele traduzir em palavras o que

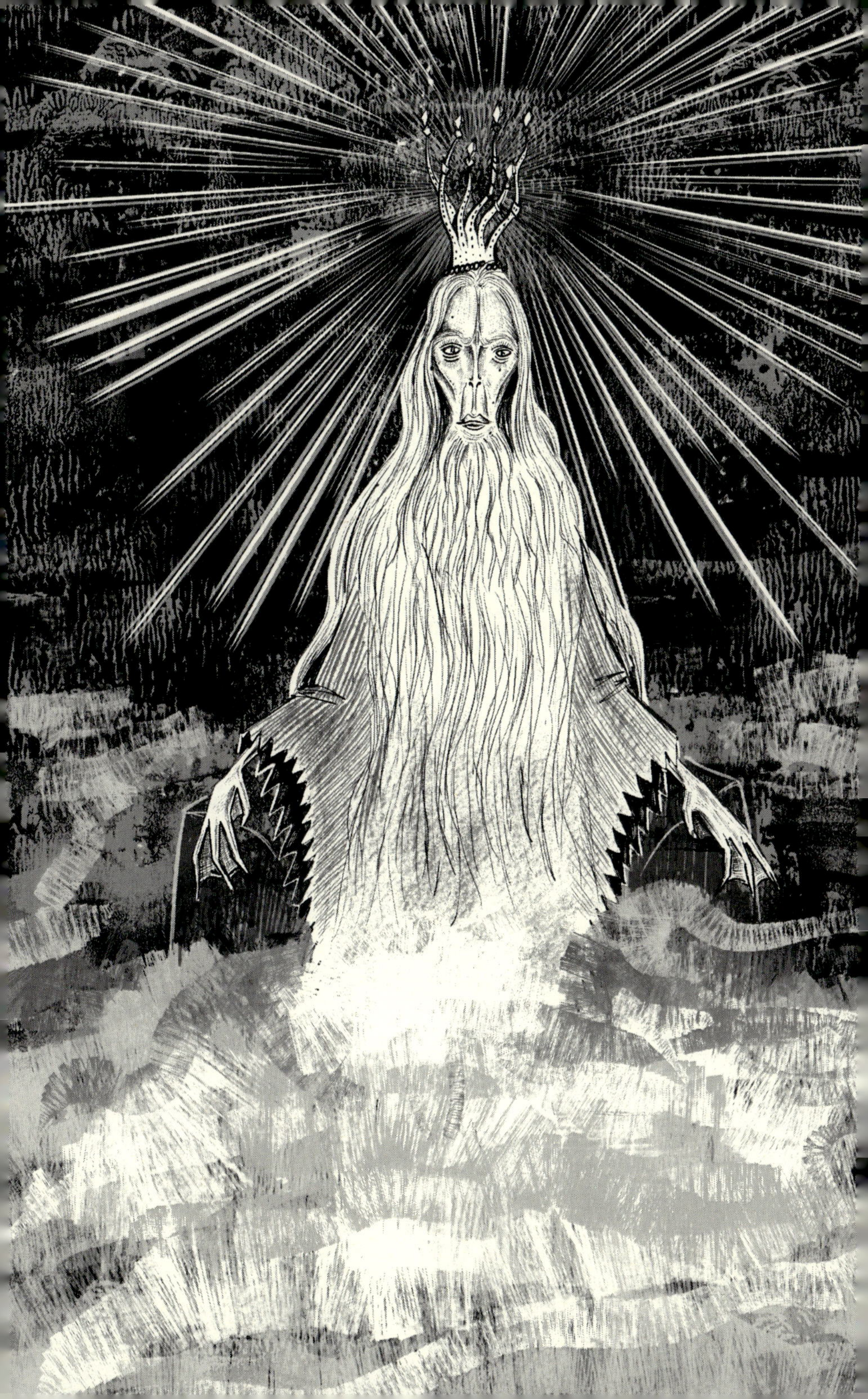

eu tinha acabado de pensar. O espadarte hesitou, olhou-me surpreendido, e disse:

– Tens a certeza? – Eu acenei que sim, veementemente, até porque já estava a ficar com a pele toda engelhada de estar tanto tempo dentro de água.

Além disso, estava frio e eu não tinha vontade nenhuma de ter que tomar xarope de cenoura se adoecesse.

– O que se passa? – perguntou o rei, que se apercebera do meu diálogo silencioso com o Leandro.

– Ele não pode ficar mais tempo, Alteza! – desculpou-se o espadarte. – Não só tem que regressar ao reino, como não pode ficar mais tempo debaixo de água por ser um humano…

– Muito bem! – respondeu o rei. – Mas temos que o recompensar!

Depois de ler os meus pensamentos o Leandro respondeu-lhe:

– Ele diz que só trouxe a pétala, alteza. Diz que foi a fada das algas que o enviou para quebrar o feitiço e que, se alguém merece a recompensa, é ela.

Foi uma pequena mentira, mas uma mentira inofensiva que, pelo menos, faria com que a infeliz fada das algas pudesse regressar a casa. O que, além do mais, me parecia bastante urgente, com a quantidade de limo que se acumulara nas torres do palácio.

O rei concordou em deixar-me partir.

– Mas, antes de te ires embora, dou-te isto, como recordação! – com a sua mão enorme, coberta de escamas, o rei ofereceu-me um pequeno búzio refulgente. – É para ouvires o barulho do mar.

O rei colocou-me o búzio na mão, iluminando-me o rosto ao aproximar-me dele. Eu fiz uma vênia ao rei o mais respeitosamente que sabia e virei-me para o espadarte e para a tamboril.

Despedi-me do Leandro e da sua esposa Sofia. O golfinho voltou a dar-me uma enorme bolha de ar para eu poder regressar à superfície e eu nadei dali para fora, o mais depressa que pude, com o brilhante búzio na mão.

Quando cheguei à superfície, as dragões-fêmeas esperavam-me ansiosas.

– Safa! – suspirou a Julieta. – Já estávamos a ficar preocupadas.

– Olha para ti! – exclamou a Helena, preocupada. – Estás todo a tremer de frio! Sobe já para o dorso da Julieta!

Eu assim fiz e a Helena começou a expirar um ar muito quente, que me secou por completo em alguns instantes.

– Que bom! – agradeci eu. E acrescentei divertido: – Não sabia que os dragões também eram secadores.

As duas dragões-fêmeas riram-se às gargalhadas e a Helena respondeu:

– Ao contrário de muitas pessoas, nós sabemos controlar o que nos sai da boca. – e piscou-me o olho. – Quando é preciso, soltamos labaredas, mas também sabemos expirar ar quente.

Então, subi para as costas da Julieta, vesti a minha roupa, guardei o pequeno búzio no bolso das calças e regressamos ao lago lilás.

XXIII. A chave líquida

Quando chegamos ao lago lilás, pedi às dragões-fêmeas que me deixassem do lado do bosque onde morava a feiticeira.

– Gostamos muito de te conhecer, Simão sem medo! – disse a Julieta, deixando-me descer do seu dorso dourado.

– Se um dia voltares a passar por aqui, vem fazer-nos uma visita – disse a Helena, disfarçando uma lágrima a querer espreitar dos seus olhos.

As duas dragões-fêmeas levantaram voo e eu fiquei à beira do lago lilás, contemplando os seus vultos, o prateado da Helena e o dourado da Julieta, a desaparecerem pelo céu afora. Nesse momento, soube que ia ter saudades delas.

Estava eu mergulhado nas recordações daquela viagem com os dragões, quando senti alguém a aproximar-se. Era a cegonha branca, Alvina.

– Tu por aqui, outra vez? – estranhou a cegonha, penteando as penas de uma asa, e lembrou-me a garça branca, Inês. – Não me digas que agora também vives aqui!

– Não... – respondi eu, que ainda não tinha percebido as intenções da cegonha, além da sua caça às rãs –, estou só de passagem. Precisava de falar com a fada das algas, sabes onde anda?

A cegonha levantou o bico encarnado, inclinou a cabeça para trás e emitiu uns estalinhos ritmados. Subitamente, a fada das algas surgiu a deslizar pela superfície do lago lilás. Quando se apercebeu da minha presença, a fada escondeu-se imediatamente entre as flores de cristal da margem do lago lilás.

— Chamaste-me, Alvina? – perguntou a fada, timidamente, espreitando por entre as flores de cristal.

— Sim, quero dizer, eu não! – respondeu a cegonha, olhando-me de relance. – Este rapaz é que disse que precisava de falar contigo.

— Olá – disse eu, com mil cuidados, para a fada de olhos tristes –, eu sou o Simão sem medo.

— O que queres de mim? – perguntou a fada das algas, desconfiada e sem sair de trás das flores de cristal.

— Não tenhas medo – disse eu, tentando ser simpático. – Eu não te quero fazer mal.

— O que queres de mim? – repetiu a fada, permanecendo entre as flores.

— Eu fui ao reino dos mares... – expliquei eu – e consegui transformar o palácio do vosso rei novamente em palácio.

— Foste ao reino dos mares?? – exclamou a cegonha, metediça. – Como é que isso é possível? Nunca ninguém conseguiu lá chegar!

— Os dragões levaram-me lá – expliquei eu, olhando para a cegonha. E depois novamente para as flores, onde a fada se escondia. – O rei disse que podes regressar a casa. Eu disse-lhe que tu me tinhas enviado com a pétala que desencantou o palácio.

— Pétala? – interrompeu novamente a cegonha. – Mas que pétala?

— A que a feiticeira me deu – expliquei eu. – Mas isso agora não interessa nada. A fada das algas pode regressar a casa.

— Saíste-me um belo aldrabão! – disse a cegonha, altiva. – Vou mas é procurar umas rãs para o almoço, em vez de estar aqui a ouvir os teus disparates – e a cegonha levantou voo.

As flores de cristal restolharam ligeiramente e a fada das algas aproximou-se de mim.

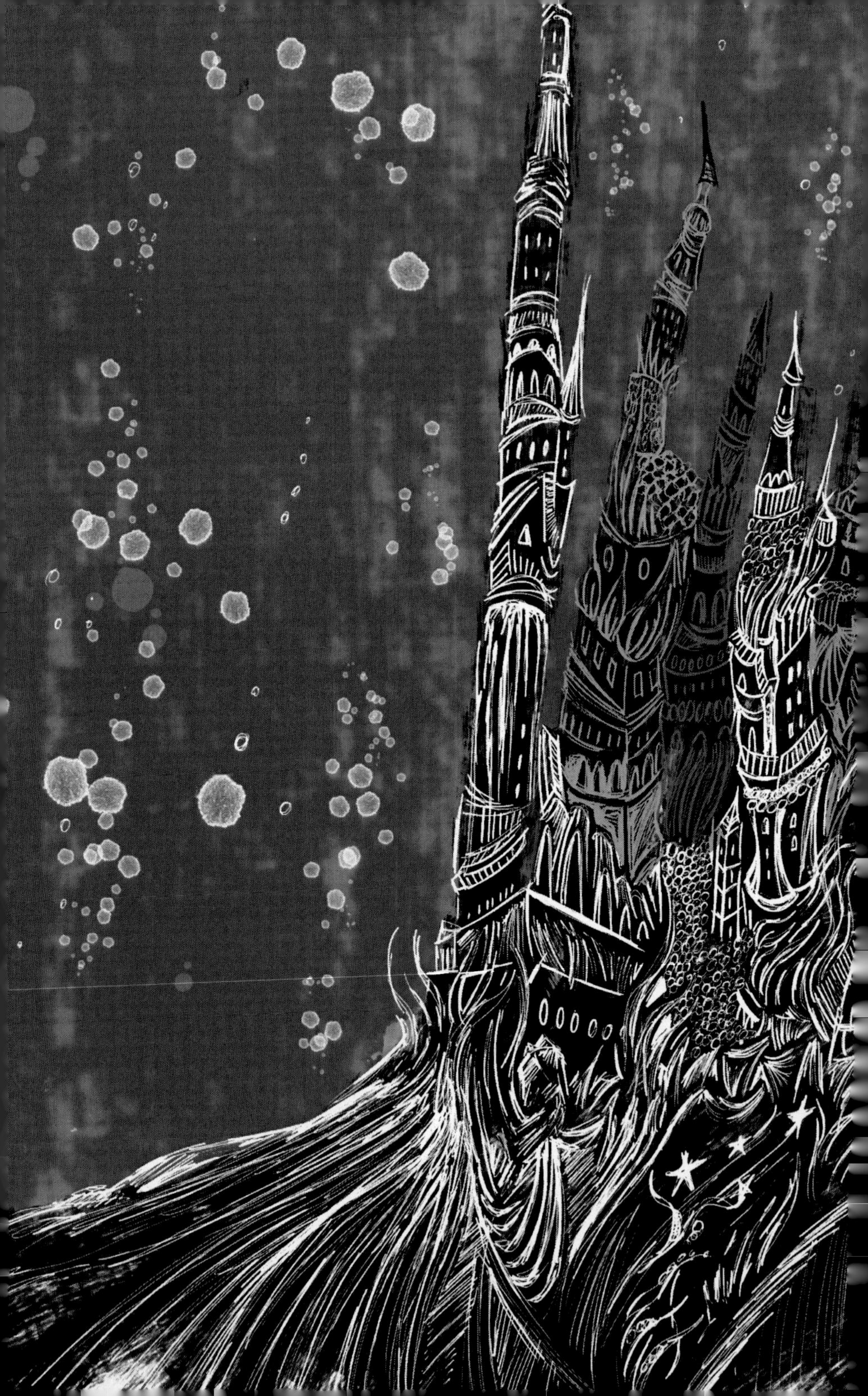

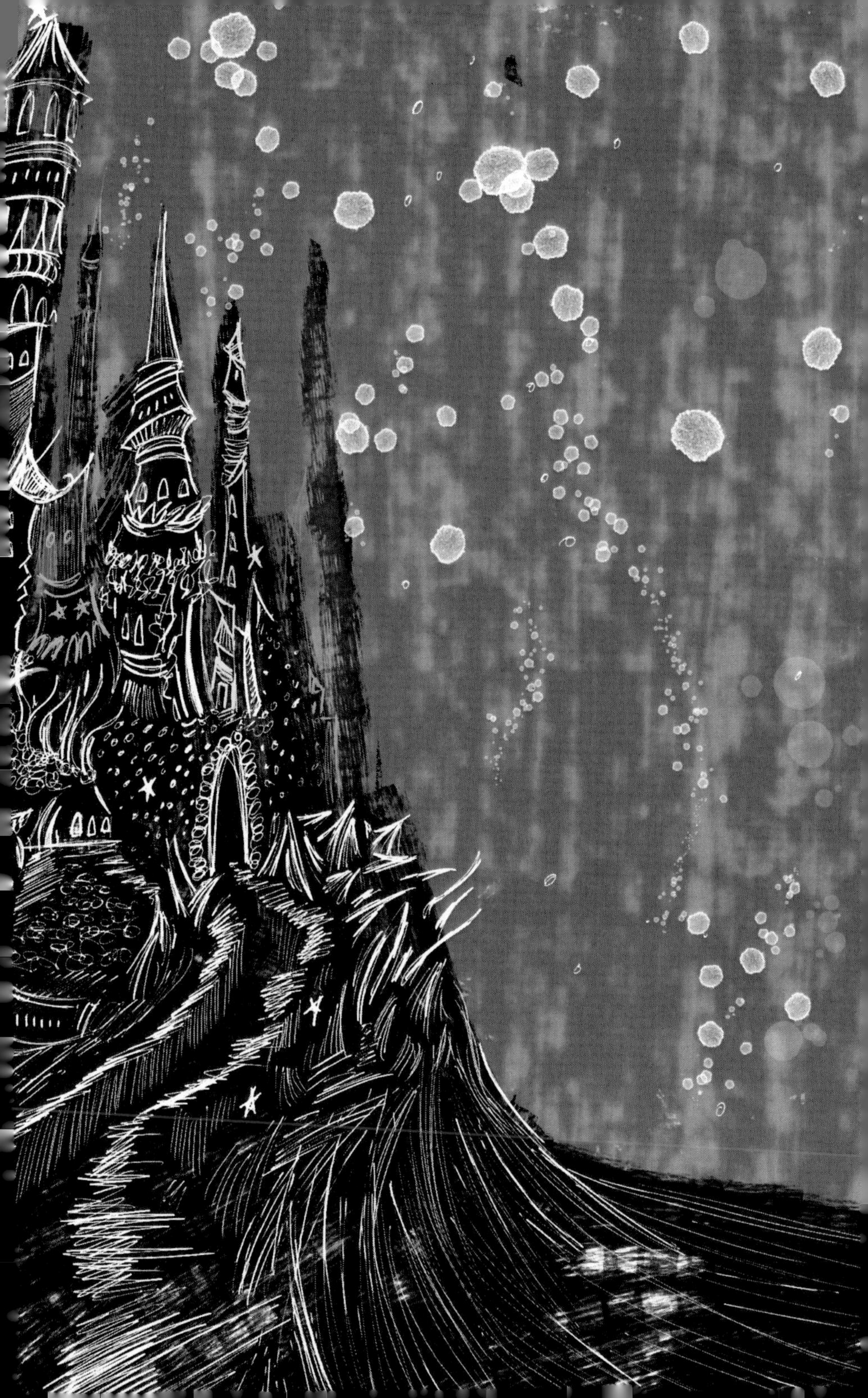

– Se o que dizes é verdade – disse ela, timidamente –, prova-o.

Tive que contar a história toda à fada. E, no final, para que ela se convencesse de que eu não era nenhum aldrabão, como tinha dito a parva da cegonha, mostrei-lhe o pequeno búzio que o rei dos mares me tinha oferecido. Assim que o tirei do bolso, ele iluminou-se novamente e refulgia como uma pequena estrela. Depois, encostei-o ao ouvido da fada que, imediatamente, começou a chorar, ao ouvir o som do mar de que tinha tantas saudades. Voltei a colocar o búzio no bolso e este apagou-se de imediato.

– Não chores – disse eu –, o rei autorizou-te a voltares para casa. Podes ir já.

– São lágrimas de felicidade, Simão sem medo – disse a fada, sorrindo pela primeira vez. Depois ofereceu-me uma pequena garrafinha cheia de água. – Toma! Em sinal da minha gratidão.

– Obrigado – respondi eu, educadamente, mas sem saber ao certo o que estaria dentro da pequena garrafa.

– É uma chave líquida – disse a fada. – Com ela, podes abrir qualquer fechadura ou cadeado. Mas só a podes usar uma única vez. Obrigada, Simão! Jamais te esquecerei.

Deslizando lago afora, a fada desapareceu no horizonte.

XXIV. A orquestra de rãs

Depois da fada das algas ter partido, fiquei um momento a contemplar o lago lilás, contornado pelas suas flores de cristal. Para mim, que o tinha conhecido com a fada bailarina, era estranho vê-lo agora sem ela.

– É verdade que a fada voltou para casa? – soou repentinamente uma voz tão exaltada que até dei um pulo. Era a rã Beatriz.

– Safa, nem dei por te aproximares – disse-lhe eu, recompondo-me do susto.

– Pensei que eras o Simão SEM MEDO. Hihihi! – riu a rã, trocista.

– Apanhar um susto e ter medo são coisas muito diferentes – expliquei-lhe eu.

Mas a rã não queria saber das diferenças entre ter medo e assustar-se e insistiu, eufórica:

– É verdade ou não? A fada das algas voltou para o reino dos mares?

– Sim, voltou – respondi eu.

– FINALMENTE! – exclamou a rã, mergulhando logo de seguida no lago.

Passados alguns instantes, começaram a surgir cada vez mais rãs na berma do lago lilás. Primeiro, colocando apenas os olhos brilhantes fora de água. Depois, trepando para os caules das flores de cristal. Todas elas olhavam em volta, desconfiadas e atentas. A Beatriz regressou para o pé de mim e disse, apontando para as outras rãs:

— Desde que a fada lilás veio viver para o nosso lago, nunca mais pudemos dar os nossos concertos. E por isso é que a cegonha nos tem perseguido.

— Concertos? — perguntei eu, intrigado.

— Sim! Fica aqui sossegado, para não assustares as outras! — continuou a rã Beatriz. — Já vais perceber…

Pouco depois, as rãs começaram a coaxar. Cada uma delas tinha um coaxar diferente e, em conjunto, formavam uma autêntica orquestra. Era uma música diferente das que eu alguma vez ouvira, mas até era bonita. Subitamente, a superfície do lago começou a vibrar ligeiramente ao som da música das rãs.

O concerto estava no seu auge, quando, no meio do lago, pequenos peixes brancos começaram a saltar fora de água. Sacudiam a cauda, desenhavam pequenos arcos no ar e voltavam a mergulhar no lago lilás. Eram cada vez mais. Tantos, que acabou por se formar uma nuvem de peixes brancos aos saltos.

Foi então que, lá ao longe, apareceu voando a cegonha branca, Alvina. De início, fiquei preocupado com a Beatriz e as outras rãs. Contudo, desta vez, a cegonha dirigiu-se aos peixes e, em pleno voo, foi-se alimentando deles.

Enquanto as outras rãs continuavam o seu concerto, a Beatriz aproximou-se de mim e explicou:

— Entendes agora a importância para nós da fada das algas já não morar aqui? Por andar sempre a deslizar à superfície do lago, era impossível a nós rãs dar concertos para alimentar a cegonha. Como não podia comer peixes brancos, a cegonha começou a comer rãs…

Lá ao longe, no meio do lago, a cegonha continuava a alimentar-se dos peixes que saltavam fora de água.

— Fico contente em ter ajudado — disse eu à rã Beatriz. — Agora só me falta resolver o problema da rainha das abelhas. Ninguém sabe onde ela está…

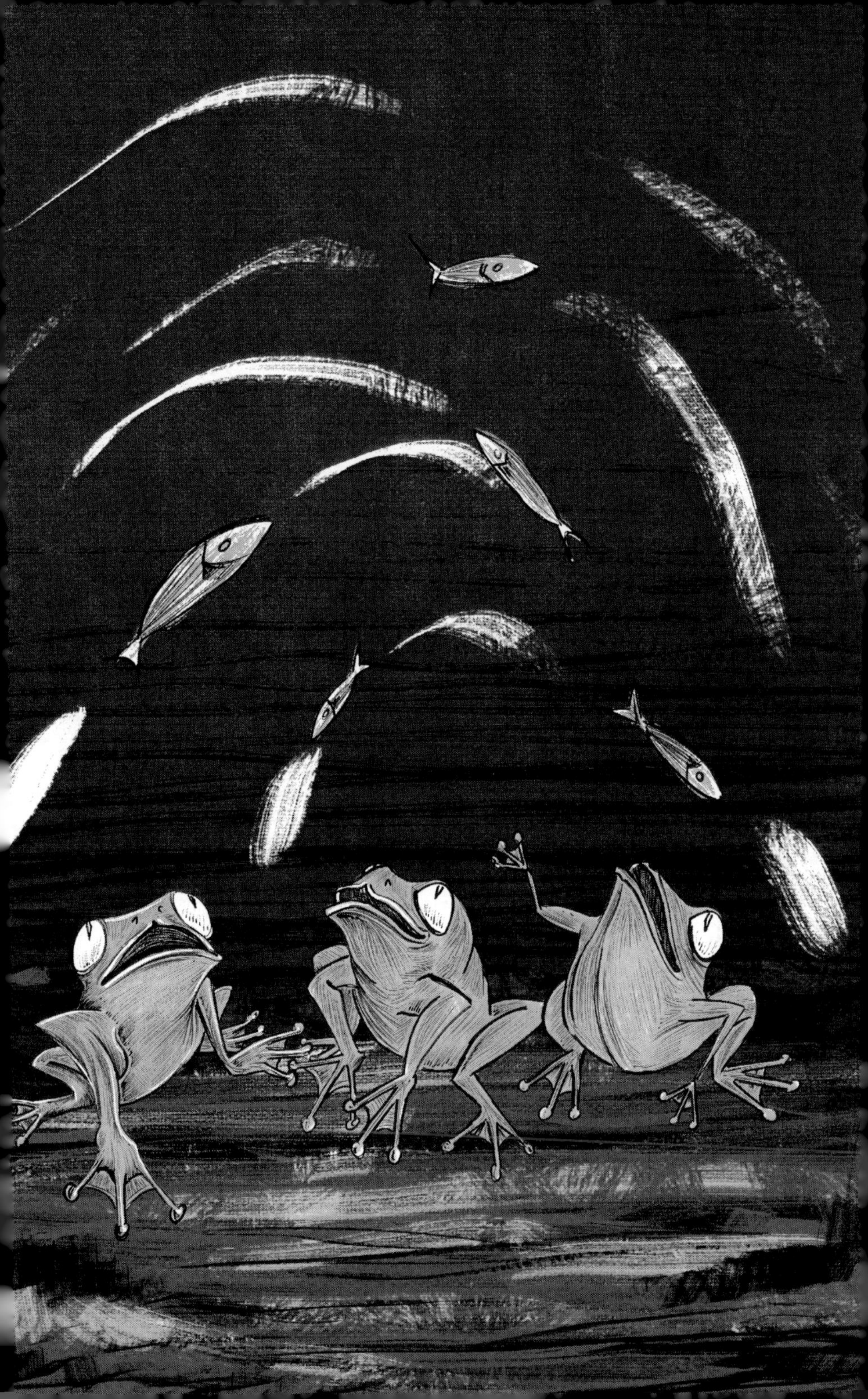

– Podias ter perguntado à feiticeira! – respondeu prontamente a rã.
– Oh, nem tive tempo, ela desapareceu logo…
– Então, vai ter com ela outra vez. Já sabes onde é e como se entra e como se sai do bosque, como deve ser.
– Não sei ir lá ter sozinho… – disse eu, timidamente.
– Mas que chato que tu me saíste! – respondeu a Beatriz, divertida. – Anda daí! Eu levo-te lá.

XXV. De volta aos jardins das cerejeiras

Depois de atravessar o bosque povoado de pássaros encantados, chegamos à clareira onde morava a feiticeira. Novamente ao pé coxinho, usando o pé direito, aproximei-me da orla onde, como da última vez, e após ecoar o estridente uivo, a flor de cristal da feiticeira se ergueu. Saltei para cima dela com a perna direita e deixei-me erguer no ar. Tal como da primeira vez, da esfera em rotação apareceu a feiticeira.

— Tu, outra vez? — exclamou ela, mal-humorada.

— Desculpa... — disse eu, intimidado — é que preciso de saber algo muito importante e ninguém me sabe responder...

— Mas que seja a última vez. Tenho mais que fazer do que estar ao teu dispor — exclamou a feiticeira.

— Desculpa, não quis abusar — disse eu, envergonhado.

— Vá, despacha-te! — disse a feiticeira, impaciente. — Não tenho o dia todo!

— Preciso de saber onde está aprisionada a rainha das abelhas, Dona Melina — disse eu, rapidamente.

A feiticeira voltou a erguer a mão esquerda de lagarto onde usava o seu anel com a pedra mágica. Pouco depois, a nuvem azul ergueu-se no ar e, no seu interior, vi Dona Melina agrilhoada numa varanda no interior de uma montanha.

— Onde é isto? — perguntei eu, intrigado.

— É no reino das cerejeiras — respondeu a feiticeira —, dentro do ninho dos demônios narigudos!

— Ninho dos demônios narigudos? — admirei-me eu. — E onde fica isso?

– Não é simples chegar lá... – continuou a feiticeira. – A entrada fica no lado norte do vulcão das orquídeas carnívoras.

Dito isto, a feiticeira baixou a mão, e a nuvem azul desfez-se no ar.

– E agora, segue o teu caminho que eu tenho mais que fazer! – disse a feiticeira, desaparecendo na sua esfera.

A flor de cristal retomou o seu tamanho normal, eu desci das suas pétalas e regressei ao bosque ao pé coxinho, desta vez com o pé esquerdo, claro. Quando cheguei à margem do lago lilás, as rãs tinham desaparecido e a cegonha Alvina também.

– Conseguiste o que querias? – soou repentinamente a voz da rã Beatriz.

– Safa! – exclamei eu, surpreendido. – Nunca dou por tu te aproximares... sim, a feiticeira mostrou-me onde Dona Melina está prisioneira. Agora tenho que voltar rapidamente aos jardins das cerejeiras.

Expliquei então que ainda tinha o pântano para atravessar e, agora, nem tinha mais nenhuma espiga dourada para que a pomba verde me ajudasse a atravessá-lo. Nem eu nem a Matilde nos tínhamos lembrado que era preciso uma segunda espiga para a travessia de regresso. No sapo Abílio não se podia confiar, não fosse ele outra vez mergulhar nas areias movediças, sem mais nem menos.

– Vem comigo! – disse a Beatriz, decidida.

Sem mais palavras, segui a rã que saltitou até um canavial, um pouco afastado do bosque. De um salto, a Beatriz empoleirou-se numa das canas e ficou a balançar-se a olhar para mim, sorrindo, mas sem dizer nada.

– Estás a querer dizer-me alguma coisa? – perguntei eu.

– É óbvio! – ripostou a rã. – Estas canas são a solução para o teu problema. Com elas, fazes umas cestas e assim consegues atravessar o pântano sem correres perigo.

Não havia dúvida de que a Beatriz era uma rã inteligente. Meti imediatamente mãos à obra e, utilizando várias plantas como atilhos, consegui construir duas cestas bastante altas e estáveis.

Depois de dar uns trambolhões em terra, fui melhorando a minha perícia e, passado pouco tempo, já conseguia manejar as cestas sem cair, nem tremer.

Despedi-me da Beatriz, certifiquei-me de que tinha o búzio e a garrafinha com a chave líquida, inspecionei as cestas mais uma vez e meti-me ao caminho, de volta aos jardins das cerejeiras.

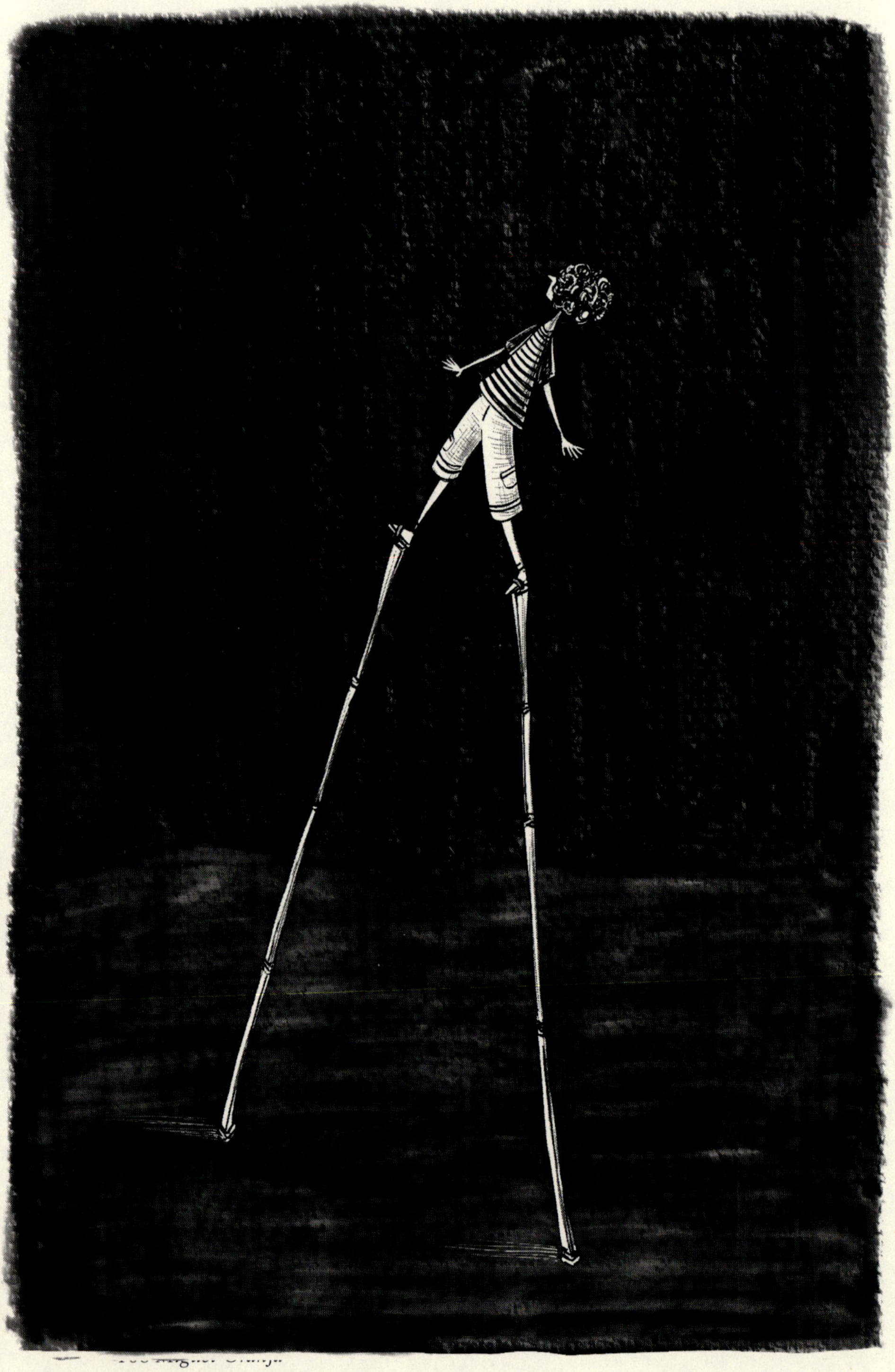

XXVI. Figas atrás das costas

Quando saltei para o muro que separava os jardins do pântano, larguei as cestas e deixei-as cair nas areias movediças, onde se afundaram poucos instantes depois.

Olhei em volta, senti o perfume adocicado das flores das cerejeiras e tive a sensação de estar em casa.

Saltei os muros até chegar ao nosso jardim, mas, quando lá cheguei, a avó Celeste continuava ausente. Aquilo intrigava-me, para aonde teria ela ido sem avisar? Coisas de fantasmas, com certeza.

– Simão! Simão! – chamou uma voz familiar.

Era a rinoceronte Matilde que, do outro lado do muro, acenava vigorosamente com o seu enorme lenço cor-de-rosa.

– Matilde! – gritei eu, correndo ao seu encontro.

Quando cheguei junto a ela, abraçamo-nos com muita força, a Matilde deu-me um beijinho na testa e disse:

– Apre! Estava a ver que nunca mais regressavas! Conseguiste?

Sentei-me junto da curiosa Matilde e contei-lhe tudo o que se tinha passado, ao mais ínfimo pormenor.

– Agora, só me falta descobrir o ninho dos demônios narigudos! – concluí eu, esperançoso que a Matilde soubesse, mais uma vez, indicar-me o caminho.

– Ninho dos demônios narigudos? – perguntou a jardineira, surpreendida. – Nem sabia que eles tinham um ninho.

– A feiticeira disse-me que a entrada é pelo lado norte do vulcão, junto a um campo de orquídeas carnívoras – acrescentei eu.

Assim que pronunciei estas palavras, a rinoceronte abriu muito os olhos e, estarrecida, repetiu baixinho:
– O vulcão das orquídeas carnívoras...
A Matilde baixou os olhos tristemente e não disse mais nada.
– O que foi? – perguntei eu. – O que é que te deu de repente?
– Não podes ir lá! – avisou a jardineira, nitidamente apavorada.
– Ora essa! – contestei eu, de imediato. – Não posso por quê?
– Simão! – continuou a rinoceronte, sussurrando confrangida:
– Quem se aproximou dos campos das orquídeas carnívoras nunca mais regressou... não sei o que lá há, mas não te deixo ir. Nem penses!
Nunca tinha visto a Matilde tão transtornada. Mesmo assim, respondi:
– Não percebes que é a única maneira de salvarmos a rainha das abelhas e resolvermos o problema das cerejeiras em flor?
– Não me importa nada disso! – ripostou ela, veementemente.
– Não vais ao vulcão das orquídeas carnívoras e acabou-se.
– Não te exaltes! – disse eu, tentando sorrir e fazendo figas atrás das costas. – Se não queres que eu vá, eu não vou.
– Se essa é a única forma de ajudar a princesa Florinda, prefiro não correr o risco – disse a Matilde.
Eu sei que é feio mentir e nunca o faço. Mas naquele momento não me restou alternativa. Tinha feito figas atrás das costas, que é a maneira mais eficaz de atenuar uma mentira, e disse disfarçadamente:
– Agora... tenho que ir ao palácio...
– Outra vez? – admirou-se a jardineira. – Fazer o quê?
– Quero ir pedir desculpa a Dona Azeviche e a Dom Alvor... por não ter resolvido o problema – disse eu, continuando a fazer figas atrás das costas.
– Se esperares um bocadinho, eu vou contigo – disse a Matilde.
– Mas antes, tenho que ir semear as ervilhas mágicas.

– Ervilhas mágicas? – perguntei eu, intrigado.

– Sim! As daquelas sacas – respondeu a jardineira, apontando para os sacos que a avó tinha enchido.

– As ervilhas da avó Celeste… – murmurei eu sorridente.

– O que é que disseste? – perguntou a Matilde.

– Nada, nada! – respondi eu, inocentemente. – Só não sabia que aquelas ervilhas eram mágicas.

– Mas são! – respondeu a Matilde, entusiasmada. – E aqueles sacos enchem-se sozinhos periodicamente.

– Estou a perceber! – disse eu, divertido por a rinoceronte achar que os sacos de ervilhas se enchiam sozinhos. O que fazia sentido, pois a avó era invisível naquele reino. E acrescentei: – Então vai tu semear as ervilhas e eu vou andando para o palácio.

– Se assim preferes… – respondeu Matilde e acenou-me novamente com o lenço, à medida que eu me ia afastando na direção do palácio.

XXVII. As rolas das dunas de cardos

Depois de andar um bom bocado, e de ter saltado doze muros, perdi a rinoceronte de vista. Foi então que decidi mudar de direção e segui para Norte.

Já tinha saltado mais quinze muros, e do tal vulcão nem um vulto no horizonte se avistava. Contudo, não desisti e continuei a caminhar para norte, saltando cada vez mais muros. Depois de ter saltado mais vinte e três muros, deparei-me com um imenso areal no qual, ao longe, se erguiam enormes dunas, cheias de cardos em flor.

Hesitei um momento, olhei em volta, saltei para a areia amarelada e comecei a caminhar cuidadosamente em direção às dunas. Quando cheguei junto dos primeiros cardos, cheios das suas flores roxas, uma rola surgiu voando, pousou num dos cardos e disse desesperadamente:

— Viste por aqui o pelicano dourado?

— Hm… não – respondi eu, acanhado. – Eu… eu sou o Simão sem medo.

— Não vieste ajudar-nos? – perguntou a rola, desiludida.

— Ajudar-vos? Quem? – estranhei eu. – Quem és tu?

— Eu chamo-me Vasco e pertenço ao bando das rolas das dunas de cardos – respondeu, prontamente.

— Nunca tinha ouvido falar do vosso bando – disse eu, amigável. – Aliás, eu nem sequer sabia que estas dunas existiam…

— Estas dunas são muito importantes! – explicou a rola, com expressão solene. – São elas que protegem os jardins das cerejeiras dos vapores de enxofre que o vulcão liberta.

– Ah! – exclamei eu, animado por a rola saber da existência do vulcão. – Na realidade, eu vou a caminho dos campos das orquídeas carnívoras, mas nem sei ao certo onde ficam...

A rola olhou-me, assustada. Depois da Matilde, era a segunda a ficar aterrorizada só de ouvir falar das minhas intenções.

– Vais a caminho do vulcão? – perguntou a rola, intrigada. – És louco? É impossível sobreviver junto dele...

– Então por quê? – indaguei eu, curioso.

– Primeiro, por causa dos tais vapores de enxofre de que te falei – explicou a rola –, são muito venenosos. E, além disso, o sopé do vulcão está cheio de orquídeas carnívoras, uma espécie gigante que agarra as presas com os seus gaviões viscosos. Com eles – continuou a rola, com expressão aterradora – leva-os à flor em forma de bolsa, e as vítimas são digeridas lentamente nos seus sucos ácidos...

Confesso que tudo aquilo me impôs algum respeito, e até nojo, mas medo não. E insisti:

– Mas tem que haver alguma maneira de chegar ao vulcão!

– Haveria... – respondeu o Vasco, tristemente. – Pelo ar... e apanhando o vento suão que abre um corredor aéreo de ar puro. É a única maneira... mas tu não sabes voar...

– E não me podes levar até lá? – respondi eu, educadamente. – Olha que eu sou experiente! Já voei de garça, de pomba e de dragão!

– Noutras circunstâncias, seria possível, Simão – e a rola baixou o olhar entristecido. – Todavia, a população das rolas está a extinguir-se rapidamente... as nossas reservas de alimento estão a chegar ao fim... só já três fêmeas ainda conseguem pôr ovos e as rolas mais fracas têm vindo a morrer à fome... não nos podemos dar ao luxo de gastar mais energias...

– Falta de alimento? – estranhei eu, nem sequer sabendo de que é que uma rola se alimentava.

– Sim... – continuou o Vasco. – O nosso principal sustento são as sementes de cardo... e, como vês, os cardos estão em flor... há muito tempo que deixaram de dar fruto e sementes. Não sabemos o que se passa. Uma das nossas irmãs, a Rute, foi em busca do pelicano dourado para ele nos ajudar a polinizar os cardos – a rola olhou-me gravemente. – Mas nunca mais voltou...

– Se calhar perdeu-se – disse eu, tentando animar o Vasco.

– Ou morreu... – disse ele, baixando os olhos.

– E quem é o pelicano dourado, de que me falaste? – perguntei eu, desviando o assunto.

– Ele é nosso amigo – respondeu o Vasco, ainda triste. – De vez em quando, trazia-nos bagos de romã. Mas já há muito tempo que não aparece... também ele desapareceu...

– Nunca vi um pelicano dourado – respondi eu. – E vocês não se podem alimentar de outra coisa qualquer?

– Não estás a perceber, Simão! – exclamou a rola, com expressão assustada. – Isto pode tornar-se numa catástrofe para todos, pois os cardos começaram a morrer também e não nascem novos... e são os cardos que mantêm as dunas firmes. Sem eles, as dunas desfazer-se-ão e deixará de haver barreira que retenha os vapores venenosos do vulcão que, se passarem a duna, destruirão os jardins das cerejeiras, e matarão todos os seres vivos...

Com aquela é que eu não contava. Quem diria que as pequenas abelhas tinham um papel tão importante na sobrevivência daquele mundo.

XXVIII. A efêmera

Olhei para a rola Vasco, muito compenetrado, e disse-lhe:
– Pois, é por isso mesmo que eu tenho que chegar ao vulcão! O problema dos vossos cardos é que as abelhas não os vêm polinizar. A rainha delas foi aprisionada pelos demônios narigudos e, desde então, elas não saem das colmeias.
– As abelhas? – retorquiu a rola. – Sim... tens razão, nunca mais as vi por aqui.
Expliquei-lhe a situação semelhante das cerejeiras em flor que não davam fruto, e tornei bem claro que a única solução seria salvar a Dona Melina. Mostrei-lhe a garrafinha com a chave líquida e contei-lhe as peripécias que já tinha passado antes de ali chegar.
– Isto tornou-se num caso de vida ou de morte, Vasco – disse eu, com o ar mais sério que consegui. – A sobrevivência de todos está nas nossas mãos. Se não fizermos nada, será apenas uma questão de tempo até tudo ser destruído.
– Estás a dizer-me que estamos condenados de qualquer maneira? – respondeu o Vasco, bastante assustado.
– Não! – respondi eu, tentando sorrir. – Estou a dizer que, se me ajudares, podemos resolver a situação.
Depois de refletir uns instantes, o Vasco respondeu:
– Eu vou falar com o bando. Espera aqui que eu já volto – e a rola levantou voo.
Ali fiquei algum tempo, sentado na areia e a observar as pétalas roxas em forma de agulha das flores dos cardos. Quanto mais

pensava no que a rola me tinha contado, mais preocupado ficava com a ameaça do vulcão.

Subitamente, uma pequena mosca pousou no meu joelho. Sacudiu as asas, espreguiçou as pernas e disse:

— Olá! Quem és tu?

— Eu sou o Simão sem medo. E tu? — respondi eu, sorrindo para a pequena mosca.

— Eu sou uma efêmera — respondeu ela.

— Uma efémera? Não percebo… — disse eu.

— Não sabes o que é uma efêmera? — admirou-se a mosca. E continuou: — Uma efémera é uma mosca que só dura vinte e quatro horas. Não tenho nome porque não vale a pena — e soltou uma gargalhada fininha.

— Ah — exclamei eu, sem saber se deveria sentir pena da mosca efêmera que parecia tão bem disposta.

— Acabei de sair do ovo. E tu, o que andas aqui a fazer? — disse a efémera, espreguiçando-se novamente.

— Eu preciso de ir ao vulcão, salvar a rainha das abelhas — expliquei eu. — Mas a rola disse que era demasiado perigoso e agora estou à espera de ajuda…

— A ajuda não te cai do céu, Simão sem medo! — disse a efémera, piscando-me o olho. — Vamos! Eu vou contigo salvar essa rainha! As minhas irmãs são umas chatas, só pensam em pôr ovos, e eu queria fazer algo diferente. Anda, vamos salvar a rainha!

— Tu não entendes — expliquei eu. — O vulcão é perigoso e deita vapores… venenosos. Não nos podemos aproximar dele. E a rainha das abelhas está aprisionada no ninho dos demônios narigudos, que fica exatamente no interior do vulcão. A rola explicou-me que só é possível lá chegar aproveitando o vento suão que forma um corredor de ar fresco.

– Qual vento suão, qual carapuça! – respondeu a efêmera, decidida. – Não precisamos de ventos suões para nada. Eu chamo algumas das minhas irmãs e, com o bater das nossas asas, vamos afastando o ar venenoso, à medida que tu caminhares em direção ao tal ninho dos não sei quantos.
– Dos demônios narigudos... – completei eu.
– Isso! – disse a mosca, despachada. – Fica aqui sossegado que eu vou chamar as minhas irmãs. Espero que já tenham acabado de pôr ovos – e piscou-me o olho. – Eu já venho...
– Mas eu nem sei bem onde fica o ninho... – acrescentei eu, acanhado.
– Não te preocupes – sorriu a efêmera –, eu peço ao meu primo, o mosquito Venâncio, para vir conosco. Ele conhece as redondezas muito bem.
A mosca levantou voo e desapareceu. Estranha terra aquela, todos prometiam ajuda, mas todos desapareciam a voar.

XXIX. A *ponte das sereias malditas*

Depois de um bom bocado ali à espera, estava a ficar aborrecido por nem a rola nem a mosca regressarem, quando ouvi um zumbido ensurdecedor, cada vez mais intenso. Olhei em torno de mim e vi uma nuvem a aproximar-se. Eram efêmeras, de vários tamanhos, que voavam na minha direção. Fiquei ali parado, sem saber bem o que fazer, mas pensei que não tinha grande coisa a perder em ver o que acontecia e, passados alguns instantes, a minha cabeça estava envolvida pela nuvem de insetos. Uma das efêmeras aproximou-se do meu nariz e disse:
– Eu não disse que elas vinham? – Depois virou-se e chamou:
– Venâncio!
Um mosquito aproximou-se, voando, e a efêmera continuou:
– Este é o meu primo Venâncio, de que te falei. Ele conhece o caminho, não conheces Venâncio? – O mosquito acenou que sim, e a efêmera continuou para mim: – Vamos, despacha-te! Já sabes que não temos muito tempo!
Resolvi pôr-me a caminho, seguindo as indicações do mosquito Venâncio. Ainda olhei em volta, na esperança de ver a rola surgir com uma solução mais segura, mas nada.
A nuvem de insetos envolveu-me a cabeça, como um capacete. O bater daquelas asas todas provocavam um brisa suave, que me fazia comichão no nariz e tive que me concentrar para não espirrar para cima das efêmeras.
Depois de passarmos a duna dos cardos roxos, deparei-me com a assustadora paisagem que teríamos que atravessar.

O vulcão, lá longe, tão alto como a montanha junto do lago lilás, onde vivia a feiticeira, era cinzento escuro e da sua cratera libertava-se um denso vapor verde. Vapor esse que escorregava pelas encostas, como se fosse lava. À volta dele, estendia-se um vasto campo de orquídeas gigantes, cujas flores encarnadas escuras pendiam de grossos caules azuis. O vapor verde acumulava-se entre as orquídeas que, desta forma, se encontravam como que banhadas naquela substância venenosa.

A separar o areal onde estávamos do campo de orquídeas, havia um rio negro com alguma turbulência.

– Cuidado! – exclamou o Venâncio, ao aproximarmo-nos da ponte que atravessava o rio. – Não podes abrir os olhos durante a travessia da ponte. O rio está cheio de sereias amaldiçoadas que, com um único olhar, te podem raptar para as profundezas do rio negro e nunca mais de lá sais. Quando eu disser, fechas os olhos, e só abres quando eu te disser. Entendeste?

Eu acenei que sim com a cabeça. Aquilo cada vez me agradava menos. Nunca tinha estado num sítio assim, cheio de criaturas perigosas e de ameaças horríveis por todo o lado.

Aproximamo-nos da ponte e, ao sinal do Venâncio, eu fechei os olhos e dei os primeiros passos sobre a ponte. Não era uma ponte como as outras, não era sólida. Sob os meus pés a ponte parecia móvel, como se eu estivesse a caminhar sobre um ser vivo.

– Esta ponte é estranha! – exclamei eu.

– Não abras os olhos! – gritou o Venâncio.

À medida que ia atravessando a ponte, comecei a ouvir uivos, gemidos e lamentos, como se uma multidão torturada chorasse e implorasse ajuda. Eram ruídos aflitivos e cada vez mais numerosos, até se tornarem num barulho ensurdecedor. A meio da ponte, senti mãos a tocarem-me nos tornozelos.

– Quem me toca? – gritei eu, sem abrir os olhos.

– Não pares, Simão! – ordenou o mosquito. – Continua em frente, como se nada fosse, e não abras os olhos!

Para me abstrair do barulho horrível, e das mãos estranhas a tocarem-me nos tornozelos, esforcei-me por pensar na Matilde e no seu lenço cor-de-rosa. Fechei os olhos com mais força ainda e até consegui ouvir a sua voz "valente, Simão sem medo". Foi nessa altura que percebi que nem sempre chega não ter medo, é preciso ser-se valente para chegarmos aonde queremos.

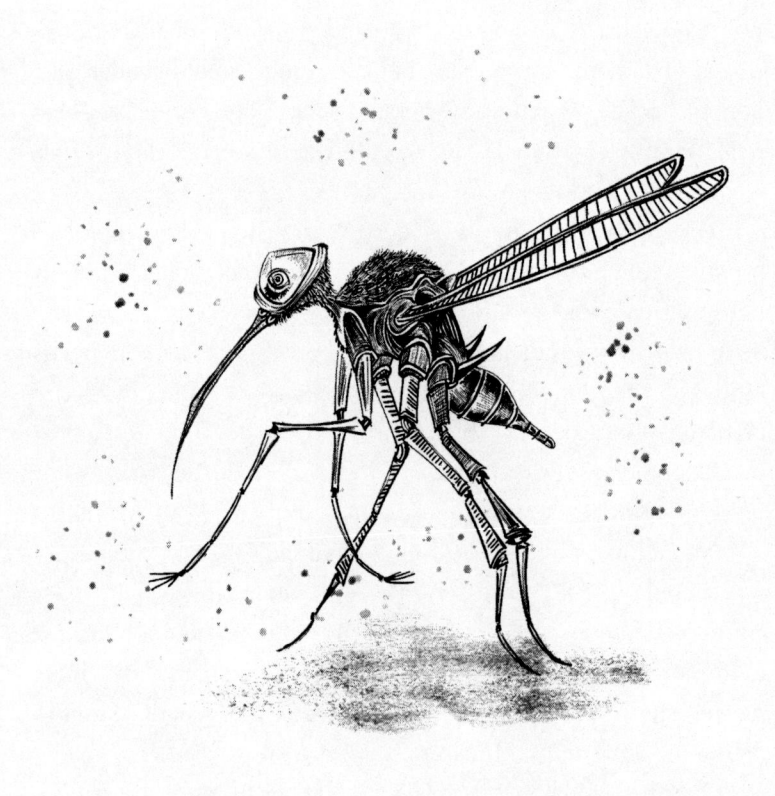

XXX. *O ataque das orquídeas carnívoras*

Depois de passarmos a ponte sobre o rio negro das sereias malditas, o Venâncio deixou-me abrir os olhos. Contudo, pouco conseguia ver, estávamos mergulhados no vapor esverdeado que o vulcão emanava, e caminhávamos como que no meio de um denso nevoeiro. Ao longe, ainda se ouvia os gemidos torturados das sereias. Aqui e ali, distinguiam-se algumas folhas e caules azuis, mas o resto era impossível de vislumbrar. As efêmeras batiam as asas o mais que podiam, para manterem a nossa bolha de ar fresco em movimento.

Estávamos no meio do campo das orquídeas, quando novamente senti algo a tocar-me os tornozelos, mas ali não havia sereias. Olhei para o chão e vi gaviões azuis a enrolarem-se-me nos tornozelos. A princípio, consegui desenvencilhar-me deles e tentei caminhar mais rápido. Mas as orquídeas eram velozes, e cada vez havia mais gaviões dos seus caules a enrolarem-se nas minhas pernas.

– Não pares! – gritava o Venâncio.

– Não consigo andar! – respondi eu, cada vez mais enredado nos gaviões azuis que começavam a levantar-me no ar.

– Não deixes que elas te ergam! – dizia o Venâncio, aflito. – É a forma de te conduzirem às flores vorazes!

Eu tentava manter-me no chão e fazer-me pesado. Com as mãos tentava desembaraçar-me dos caules que não paravam de se multiplicar, e aos poucos, me prendiam também os braços. Já estava a alguns centímetros do chão, e completamente imobilizado, quando ouvi um som de asas a baterem. Eram as

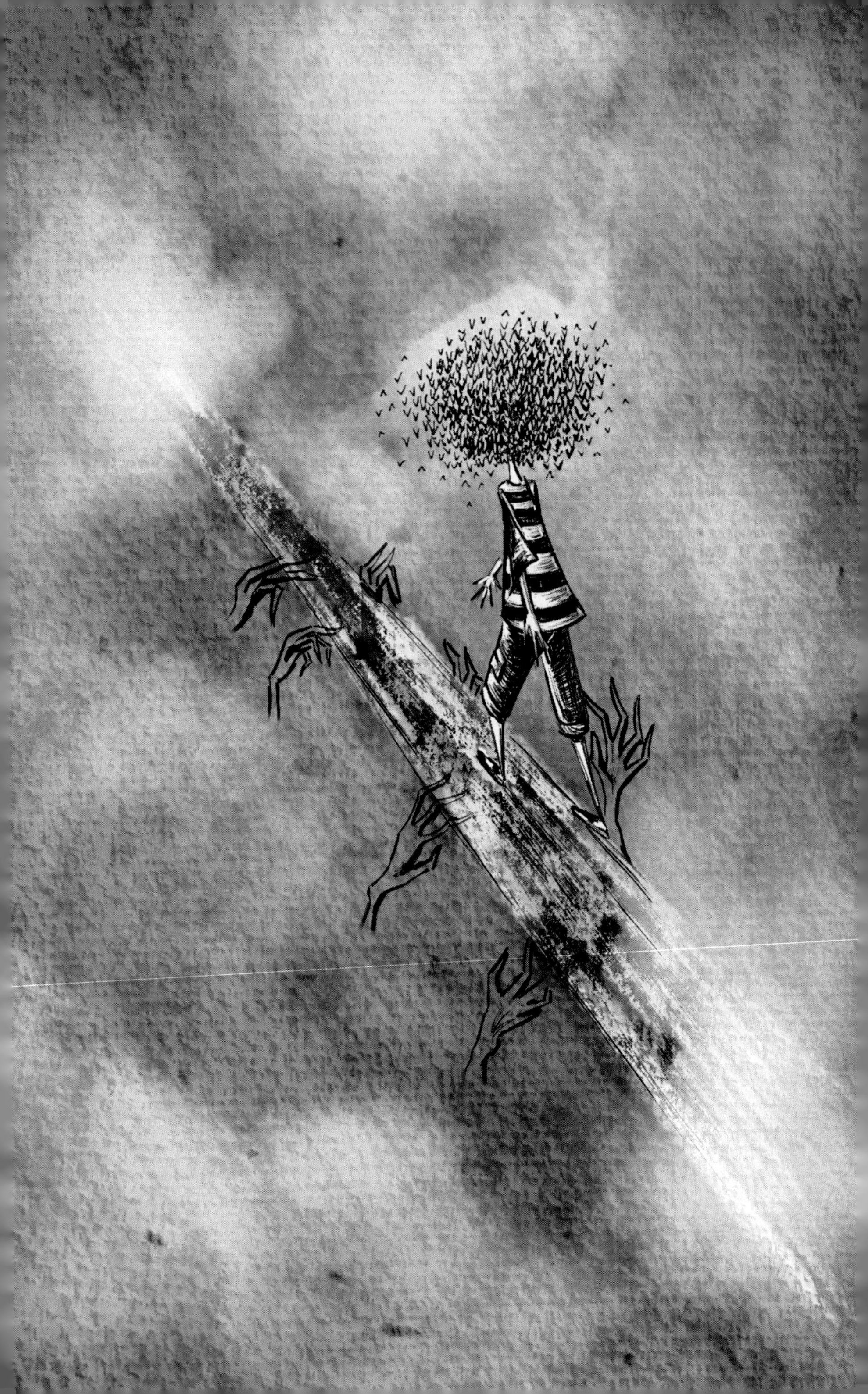

rolas das dunas! Com os bicos afiados, cortavam as hastes azuis das orquídeas, libertando-me e devolvendo-me ao solo.

– Aproveita agora para correres! – gritou o Venâncio.

– E as rolas? – respondi eu, ao ver que as aves que me libertavam iam caindo no chão, envenenadas pela neblina verde.

– Se queres chegar ao vulcão, tens que correr, JÁ! – exclamou o Venâncio, resoluto. E acrescentou: – Não te esqueças que as efêmeras não vivem muito mais para te manter a bolha de ar fresco! Não olhes para trás e corre...

Assim fiz. Corri o mais depressa que pude e acabei por chegar à base montanhosa do vulcão.

– Agora por aqui! – gritou novamente o Venâncio, indicando o lado esquerdo do vulcão.

– Ainda falta muito? – perguntei eu, continuando a correr, já quase sem fôlego.

– É ali em cima! – respondeu o mosquito, indicando um buraco na encosta do vulcão.

Corri até lá, num último esforço, quase sentindo as pernas dormentes de tanto andar. Trepamos a encosta e acabamos por alcançar o tal buraco no vulcão. Era uma entrada enorme, da qual se erguia uma escadaria tosca, improvisada com calhaus e pedras menores. Nas paredes havia pequenas lamparinas que iluminavam o caminho.

– Se subires por esta escada, chegas ao labirinto dos demônios narigudos, onde eles têm o seu ninho! – explicou o Venâncio.

Nesse momento, as efêmeras começaram a cair no chão. Tinha sido por pouco. Eu baixei-me para ver o que se passava com elas, mas as pequenas moscas não se moviam.

– O que se passa? – perguntei eu ao Venâncio, entristecido.

– São efêmeras, querido Simão... – vivem apenas algumas horas, no máximo um dia, depois caem no chão e dão lugar a uma nova geração.

– Morreram? – perguntei eu, com as lágrimas a quererem romper-me dos olhos.

– Sim… – assentiu o mosquito. – Mas não fiques triste, estas efêmeras gostaram de te ajudar a salvar o nosso mundo. Fazendo-o, ajudaste-as a garantir as gerações vindouras.

– E agora? – perguntei eu, triste e desconcentrado.

– Agora, segues por essa escada acima! – ditou o Venâncio. – E eu fico aqui de vigia.

XXXI. No labirinto dos demónios narigudos

Cuidadosamente, subi aquela estranha escadaria, observando fascinado as paredes mal iluminadas pela luz fraquinha das lamparinas.

No topo da escada, deparei-me com um corredor úmido e igualmente mal iluminado por lamparinas iguais às da escadaria. Muito baixinho, ouvia-se ecos de algo parecido com violinos desafinados. Uma música estranha como eu nunca tinha ouvido e que provocava arrepios na espinha. Decidi avançar cuidadosamente, habituando-me à pouca luz e aos violinos desafinados. O corredor era curvo, como que contornando e subindo a parede do vulcão por dentro.

Depois de caminhar um bom bocado, avistei ao fundo uma saída de onde a música desafinada se ouvia cada vez mais intensamente. Acelerei o passo e, agachando-me com cuidado, deparei-me com uma varanda. Era uma varanda estreita e dava a volta a todo o interior do vulcão, uma balaustrada. Só então me apercebi do alto que subira.

Espreitei pela varanda e, sem que ninguém me visse, vi algo realmente impressionante. Todo o interior do vulcão estava repleto de casulos, suspensos das suas paredes até ao teto, a várias alturas, todos do mesmo tamanho. No centro do vulcão, erguia-se uma enorme chaminé, unindo a cratera a um forno, lá em baixo, ao nível do chão. De um lado, vários demónios narigudos descarregavam carros cheios de raízes azuis para dentro do forno. Do outro, duas aranhas gigantes envolviam ovos prateados numa espécie de adubo que o forno produzia. Depois, teciam os casulos em torno de cada ovo adubado e, com um fio de teia, penduravam-nos a diferentes alturas.

Antes de pendurarem cada ovo, as aranhas colocavam uma pequena lesma à superfície do casulo. A partir do momento em que este se encontrava suspenso, a pequena lesma trepava lentamente pelo fio de aranha. Foi então que percebi que eram as lesmas trepando pelos fios que provocavam aquele ruído desafinado.

Fiquei ali a observar a azáfama das aranhas gigantes e das lesmas trepando pelos fios de teia. Estava bem escondido e ninguém tinha dado pela minha presença. De repente, uma voz soou ao meu lado:

– Quem és tu? – era uma das pequenas lesmas que, do parapeito da varanda, me olhava curiosa com os seus quatro olhos nas extremidades dos pauzinhos.

– Sou o Simão sem medo! – respondi eu, em surdina. – E tu, quem és?
– Chamo-me Pi! – respondeu a lesma, igualmente em surdina. – Ajudas-me a sair daqui?
– Queres sair daqui? – perguntei eu, surpreendido.
A lesma acenou que sim, vigorosamente.
– Por quê? – insisti eu, curioso. – Pensei que pertencias às restantes lesmas...
– LESMAS? – exclamou Pi, com indignação. – Nós não somos lesmas nenhumas!
– Desculpa! – disse eu, um pouco confundido. – Mas... se não são lesmas...
– Nós somos CARACÓIS! – explicou Pi. – Todos nós, não somos lesmas, somos caracóis a quem os demônios roubaram as casas! Estamos aqui prisioneiros...
– Prisioneiros? Por quê? – perguntei eu.
– Porque é a nossa baba que, quando seca, faz com que os fios das aranhas sejam flexíveis e robustos para sustentar os ovos deles – respondeu a lesma, aliás, caracol, com alguma amargura. – Antigamente, usavam cera das abelhas, mas desde que aprisionaram a rainha, deixou de haver cera...
– Lamento imenso, Pi...
– Ainda por cima tenho os meus ovinhos à espera no prado onde eu moro... - lamentou-se Pi, tristemente.
– E não tens um... marido... que possa tratar deles até tu regressares? – disse eu, para confortar o pequeno caracol.
– Não, Simão! Que disparates dizes... – naquele momento, Pi até sorriu. – Nós somos hermafroditas!
– São o quê? – nunca tinha ouvido tal palavra.
– Somos machos e fêmeas num só. Reproduzimo-nos sem ajuda de ninguém!

Subitamente, Pi parecia novamente dotado de um orgulho inabalável e eu resolvi voltar ao que me interessava:

– E aquele forno, o que é? – perguntei eu, curioso.

– É onde os demônios produzem o fertilizante para os seus ovos – respondeu o caracol. – Aquelas raízes azuis são das orquídeas carnívoras. Assim, os demônios bebés nascem imunes às orquídeas e aos vapores venenosos do vulcão, e podem atravessar os campos sem problemas nenhuns.

– Foi por isso mesmo que eu aqui vim! – exclamei, rapidamente. – Para libertar a rainha das abelhas!

– Nunca ouvi tolice maior! – respondeu Pi, com desprezo. – A rainha está encerrada numa varanda sozinha, e a porta está agrilhoada com correntes pesadíssimas e centenas de cadeados...

– Numa varanda? – perguntei eu, espreitando cuidadosamente. – Qual?

– Sim, mesmo por baixo desta balaustrada! – apontou Pi. – Ali!

Numa varanda mais abaixo daquela onde eu estava, vi finalmente Dona Melina, aprisionada.

– E como é que lá podemos chegar? – perguntei eu.

– Isso eu não sei... – respondeu o caracol sem casa, desanimado.

XXXII. A descida para junto dos demônios narigudos

Depois de matutar alguns instantes, decidi regressar ao corredor e procurar acesso à varanda onde estava Dona Melina.
– Espera, eu vou contigo! – exclamou Pi.
Coloquei-a no meu ombro e voltamos ao caminho mal iluminado pelas lamparinas. Contudo, tudo tinha mudado, em vez de um corredor, agora havia inúmeros, em todas as direções.
– Isto mudou! – admirei-me eu. – Quando subi, havia apenas um único corredor…
– Os corredores estão sempre a mudar! – explicou o caracol. – Porque é que achas que isto é um labirinto? O vulcão é mágico e os seus corredores de acesso estão sempre a mudar de forma e de direção. Por isso é que nunca ninguém conseguiu sair daqui…
– Os demônios narigudos conseguem! – respondi eu, que já tinha visto um no reino dos jardins das cerejas.
– Não estás a pensar em perguntar-lhes, pois não? – perguntou Pi, com ironia.
– Logo encontramos uma maneira! – respondi eu, otimista. – Antes de mais nada, temos que libertar a rainha das abelhas.
– Vamos sair daqui o mais depressa possível! – ripostou Pi.
– Não! – respondi eu, convicto. – Desta missão depende o mundo inteiro. A neblina venenosa está prestes a destruir tudo. Os cardos da grande duna estão a morrer e, sem eles, ela desfazer-se-á. Todos dependemos dela como barreira para os vapores do vulcão.

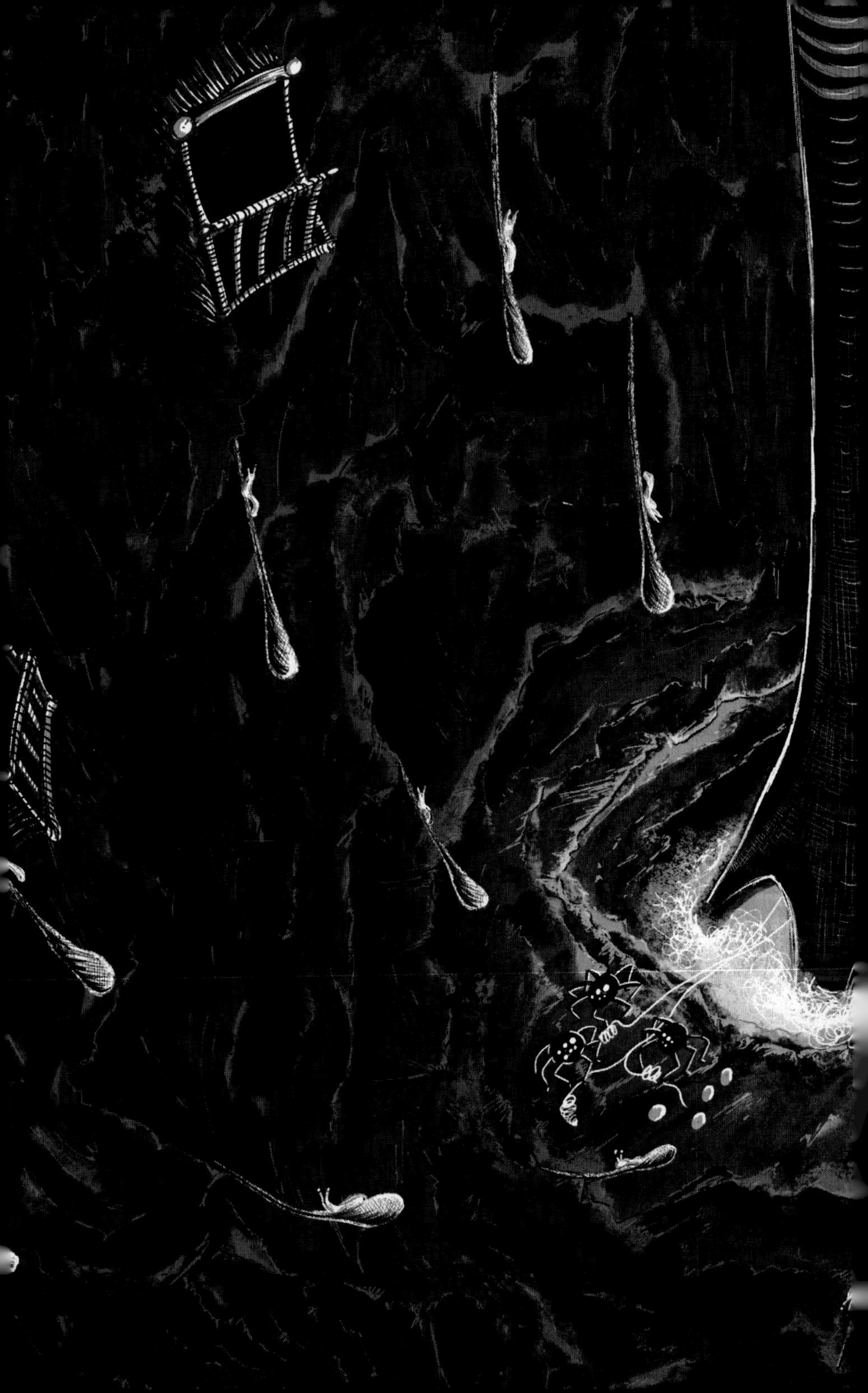

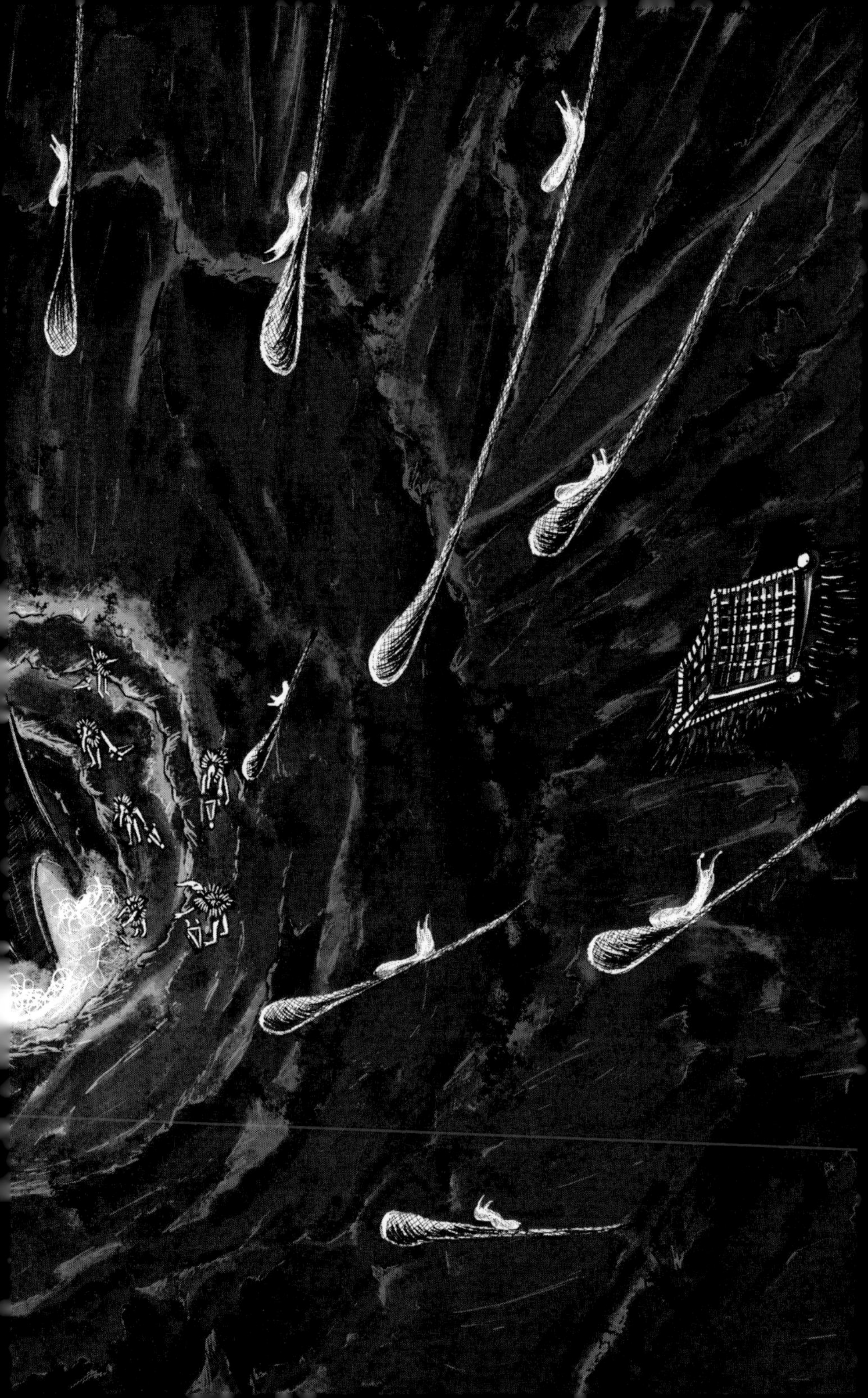

Pi encolheu os pauzinhos, com receio. Depois de refletir um momento, concluí que havia apenas uma solução. Voltei à varanda, coloquei o pequeno caracol sem casa em cima do parapeito e gritei:

– Demônios! DEMÔNIOS!

Os demônios nariguidos pararam o que estavam a fazer, as aranhas gigantes igualmente. Olhavam em volta, admirados e sem perceber quem os chamava.

– Aqui em cima! – gesticulava eu da varanda.

Pi encolhera-se, recolhera os pauzinhos por completo e enrolara-se sobre si, com pavor.

– Têm que libertar a rainha das abelhas! – continuava eu a gritar da varanda.

Um dos demônios nariguidos vislumbrou-me e gritou lá de baixo:

– Quem és tu? Como é que conseguiste cá chegar e o que queres daqui?

– Eu sou o Simão sem medo! – gritei eu da varanda. – Cheguei aqui com a ajuda das rolas, das efêmeras e do mosquito Venâncio e vim libertar a rainha das abelhas!

– Vai-te embora! – respondeu o demônio, mal-humorado.

– Não vou! – retorqui eu, sem vacilar – Daqui só me vou com a Dona Melina.

Nesse momento, o demônio sussurrou algo para uma das aranhas gigantes que, virando-se para mim, lançou um fio de teia que se prendeu no parapeito da varanda onde eu estava.

– Desce daí! – disse o demônio.

– Só se prometeres que não me prendes, nem me fazes mal! – respondi eu.

– Não temos interesse em prender rapazes como tu – respondeu o demônio, em tom de escárnio. – Desce daí, para podermos conversar.

Sentei-me na berma da varanda, agarrei no fio de teia de aranha e decidi descer em direção à base do vulcão.

– Deseja-me sorte! – disse eu para Pi, que continuava sem se desenrolar e sem se mexer.

Agarrei na teia com a manga da minha camisa para não me queimar com a fricção da descida e deslizei fio abaixo, em direção à aranha gigante que estendera o fio. A altura da descida não era assim tão pequena e acabei por ganhar tanta velocidade que, ao chegar ao chão, tropecei e caí estendido, junto aos pés do demônio narigudo e da aranha gigante.

XXXIII. O ninho dos demônios narigudos

Levantei-me rapidamente, sacudi a roupa e meti a mão no bolso para verificar se a garrafinha e o búzio ainda estavam intactos. Felizmente, nada se tinha partido.
— Com que então, Simão sem medo! — disse o demônio, com ar trocista.
— Sim. — respondi eu, recompondo-me do trambolhão. — E tu? Como é que te chamas?
— Nós não temos, nem precisamos, de nomes — respondeu o demônio, altivo. — Porque é que chamaste demônios na varanda? O que é que te trouxe aqui? E como é que conseguiste aqui chegar?
— Já te disse, cheguei aqui com a ajuda das efêmeras, das rolas e do mosquito Venâncio — respondi eu, subitamente entristecido.
— Que cara é essa? — perguntou o demônio. — Alguém te fez mal aqui?
— Não... — respondi eu, cabisbaixo. — É que, à exceção do mosquito, todos morreram ao ajudar-me a atravessar o campo das orquídeas...
— Pois, é uma rota perigosa! — respondeu o demônio. — O que é que te levou a fazê-la?
Como não queria estar a perder tempo com pormenores, e também não me apetecia falar daquela travessia horrível, resolvi evitar a pergunta e avancei:
— Porque é que vocês mantêm a rainha das abelhas prisioneira? Estão a pôr tudo em risco! Só porque a rainha Dona Azeviche

proibiu vocês de assustar as crianças do reino, não é motivo para colocarem o mundo inteiro em perigo.

O demônio narigudo olhou-me por alguns instantes, parecia surpreendido. Subitamente, levantou a felpuda tromba prateada e soltou uma gargalhada tão estridente que reverberou por todo o interior do vulcão.

– Ouviram isto? – vociferou ele, entre gargalhadas, para os outros demônios e para as aranhas gigantes. – Por causa de não podermos assustar as crianças do reino... hahaha!

– Foi o que me disseram – disse eu, um pouco intimidado pela risota geral dos demônios e das aranhas.

– E achas que esse motivo é plausível? – ripostou o demónio, agora mais sério.

– A minha avó disse-me que os demônios narigudos... – mal acabei de proferir estas palavras, o demônio interrompeu-me.

– Demônios? Mas que demônios?? – perguntou ele, parecia baralhado.

– Bem... – continuei eu, como que explicando o óbvio. – Vocês... os demônios narigudos...

– Nós somos demônios narigudos? – disse ele, como se tivesse acabado de ouvir uma grande novidade.

– Sim... – respondi eu, meio encavacado. – Pelo menos, é esse o nome que lhes damos, no sítio de onde eu venho.

Depois, virou-se para os outros e gritou:

– Voltem ao trabalho!

Os outros narigudos e as aranhas retomaram a labuta e o demônio que me tinha recebido, colocando-me a pesada mão coberta de pelo prateado sobre os ombros, continuou:

– És um rapaz corajoso, gosto disso. Conseguiste chegar aqui e não tiveste medo de vir falar conosco. Vem comigo, vou mostrar-te uma coisa.

Olhei de relance para a varanda onde Dona Melina estava acorrentada e segui o demônio narigudo. Entramos novamente por um dos corredores mal iluminados pelas pequenas lamparinas, igual ao que me tinha conduzido à varanda. O corredor movia-se, como se caminhássemos no interior de uma minhoca e, nas paredes, abriam-se e fechavam-se outros corredores, lembrando bocas de um verme. Depois de andarmos um bocado, chegamos a uma outra varanda, que dava para um grande compartimento de paredes douradas e com inúmeras bolas de fogo suspensas do teto. Sentada numa enorme poltrona, lá muito ao longe, um demônio narigudo fêmea, de pelo branco, comia deliciada pétalas de cristal, como as do lago lilás.

– Este é o nosso berço – sussurrou o demônio narigudo. – E aquela é a nossa mãe. É ela que põe os ovos que viste na sala do forno. Desses ovos nascem os nossos descendentes.

– O que é que ela está a comer? – perguntei, curioso.

– A nossa mãe alimenta-se das pétalas das flores do lago lilás e de romãs! – respondeu o demônio.

– E quando é que me explicas afinal porque é que raptaram a rainha das abelhas? – perguntei eu, impaciente.

XXXIV. Uma nova verdade

O demônio olhou-me tristemente. Depois fixou o olhar na sua mãe e começou a contar-me o que se tinha passado:
— É verdade que nós gostávamos de assustar as crianças do reino. Mas não era por mal, era só porque queríamos ensiná-las a não ter medo. O problema não foi as crianças assustarem-se, mas sim os adultos terem medo. É difícil ensinar os humanos a não terem medo.
— Eu não tenho medo! — afirmei eu.
— Eu sei que não — respondeu o demônio narigudo, olhando-me até com ternura. — Por isso estás aqui, e por isso estou a mostrar-te o nosso ninho e a contar-te o que se passou.
— Obrigado! — respondi eu, com sinceridade e descobrindo que, afinal, os demônios narigudos eram bem diferentes do que eu tinha achado até ali.
— Como te estava a dizer, a nossa mãe alimenta-se de flores de cristal — explicou o demónio — E elas só crescem num lago lilás, longe daqui...
— Eu sei, eu já lá fui! — interrompi eu, orgulhoso.
— Se já lá foste, vais perceber melhor ainda o nosso problema — continuou o demônio narigudo. — Mais uma vez, os humanos interferiram no equilíbrio da natureza e nem calcularam os estragos que fizeram.
— Os humanos? — perguntei eu, que já andava pouco habituado a lidar com humanos.

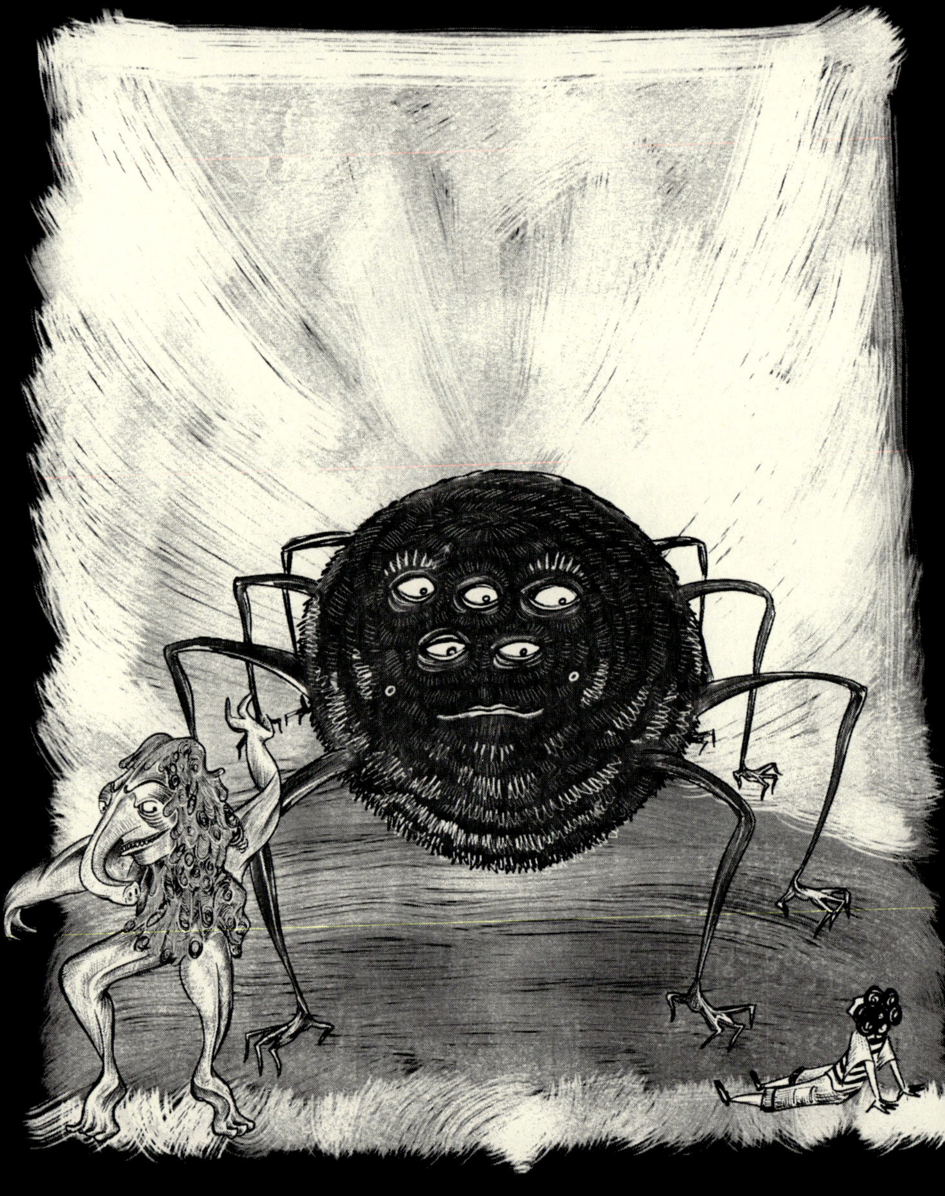

— Sim, o rei e a rainha! — retorquiu o demônio. — Deram asilo à fada das algas e puseram-na a viver no lago lilás, sem mais nem menos. E, desde então, deixamos de poder colher as flores para a nossa mãe. O que nos tem valido são as reservas que temos, mas que estão a chegar ao fim.

— Então, vou dar-te uma novidade: a fada das algas já não vive no lago lilás! — disse eu, esperançado de estar prestes a solucionar todos os problemas do reino. E acrescentei: — Eu próprio presenciei a sua partida de regresso ao reino dos mares, para onde voltou.

O demônio olhou-me desconfiado durante alguns momentos e depois disse:

— Não me estás a contar nenhuma mentira, pois não?

— NÃO! — respondi eu, entusiasmado. — Até a cegonha Alvina já pode alimentar-se de peixes brancos outra vez, e deixar a Beatriz e as outras rãs sossegadas.

— Se isso é verdade, acabaste de nos aliviar a todos de um perigo que estava iminente — continuou o demônio. — Vem comigo...

— Só mais uma coisa, porque é que a fada das algas lhes impedia de colher as flores de cristal? — perguntei eu, intrigado. — À distância, ela pareceu-me triste, mas pacífica e não com ar que impedisse alguém de colher as flores de cristal. Aliás, a fada queria era estar sozinha, era muito tímida.

— Não tem nada a ver com isso! O problema é que nós não suportamos música... — explicou o demônio. — Qualquer acorde melodioso fere-nos os ouvidos de tal forma que temos que evitar qualquer música ou canto. E como a fada das algas estava sempre a cantarolar, não conseguíamos aproximar-nos do lago.

— AH! — exclamei eu. — Por isso é que uma vez um demónio narigudo fugiu de mim a uivar, quando eu comecei a cantar para ele!

— Pois, foi por isso! — sorriu o demônio.

– Mas olha que as rãs recomeçaram a dar concertos! – lembrei-me.

– Isso já é normal. Mas as rãs não estão permanentemente a cantarolar, como a fada estava...

– Os ouvidos dos demônios são mesmo sensíveis... – disse eu, pensando alto.

– Olha, posso pedir-te um favor, Simão?

– Claro! – respondi eu.

– Não nos chames demônios! – pediu ele, humildemente. – Nós não somos demônios... isso é mais uma invenção dos humanos.

– Ah, desculpa... – disse eu, envergonhado. –Então são o quê?

– Nós somos mineiros subterrâneos! – respondeu ele. – Somos nós que extraímos da base do vulcão os cristais azuis para a feiticeira do bosque.

Agora tudo se encaixava. Eu nunca tinha percebido muito bem porque é que a feiticeira me tinha ajudado. Agora sim, tudo fazia sentido. Contudo, não esqueci a minha missão e perguntei:

– De qualquer forma, não me parece bem terem raptado e aprisionado a rainha das abelhas.

– Por um lado tens razão – anuiu o mineiro –, mas também tens que entender que foi a nossa única forma de obrigar alguém, neste caso tu, a resolver o assunto.

XXXV. O pelicano gigante

– E agora, podemos libertar a rainha das abelhas? – perguntei eu, impaciente.
– Uma coisa de cada vez. – respondeu o mineiro. – Primeiro, vou enviar uma missão de colheita de flores de cristal ao lago lilás. Assim que eles tiverem regressado, libertamos a rainha das abelhas.
– Não confias em mim, certo? – perguntei eu, um pouco desiludido.
O mineiro olhou-me muito sério, os pequenos olhos negros brilhando por entre o seu pelo de prata, e exclamou:
– Claro que não! Acabei de te conhecer, como é que queres que confie num estranho, Simão? A confiança não se oferece, ganha-se.
– Tens razão... – respondi eu. – E quanto tempo é que vocês demoram a ir ao lago lilás e voltar?
– Demoramos vinte anos para cada lado – respondeu calmamente o mineiro.
– VINTE ANOS? – eu mal podia acreditar no que tinha acabado de ouvir. – Isso significa que só estarão de volta daqui a, no mínimo, quarenta anos...
– Sim... – anuiu o felpudo mineiro. – Antigamente a viagem era bem mais rápida, e conseguíamos ir e voltar no mesmo dia...
– E porque é que agora demoram tanto tempo? – perguntei eu, preocupado com aquele novo problema.
– Antigamente, tínhamos um pelicano gigante, o Artur.

– Um pelicano? – perguntei eu, lembrando-me do que o Vasco contara.

– Sim, ele ajudava-nos a fazer a colheita – respondeu o mineiro. – Mas aconteceu um acidente e ele está aprisionado numa das nossas celas mais seguras...

– Que acidente? – perguntei eu.

O mineiro respirou fundo, baixou o olhar e explicou-me o que sucedera:

– Aqui, dentro do vulcão, os sítios mais frescos são as nossas celas. Certo dia, o pelicano entrou numa delas para descansar de um dos seus voos. E, como ele se torna invisível quando dorme, o guarda fechou a porta da cela, sem o ver. O grande problema foi que o guarda das celas perdeu a chave. Procuramos pelo vulcão inteiro, por todos os túneis e reentrâncias... nada, a chave desapareceu para sempre...

– E não podem arrombar a porta? – estranhei eu, que sabia que os mineiros eram fortes e possantes.

– Nas celas de alta segurança foi usado um metal que nenhuma ferramenta do mundo pode cortar. Um metal dez vezes mais robusto do que o próprio diamante. Nada o destrói...

Estávamos perante um problema enorme.

– Mas é impossível esperar quarenta anos, não entendes? – exclamei eu, indignado.

– Não nos resta alternativa... – respondeu ele.

Ficamos alguns momentos em silêncio, até que, de um salto, eu exclamei:

– Já sei! Eu tenho a solução!

O mineiro olhou-me, cético. Eu sorri-lhe, meti a mão no bolso e retirei a garrafinha com a chave líquida.

– O que é isso? – perguntou o mineiro, admirado.

– Uma prenda da fada das algas! – respondi eu, piscando-lhe o olho.

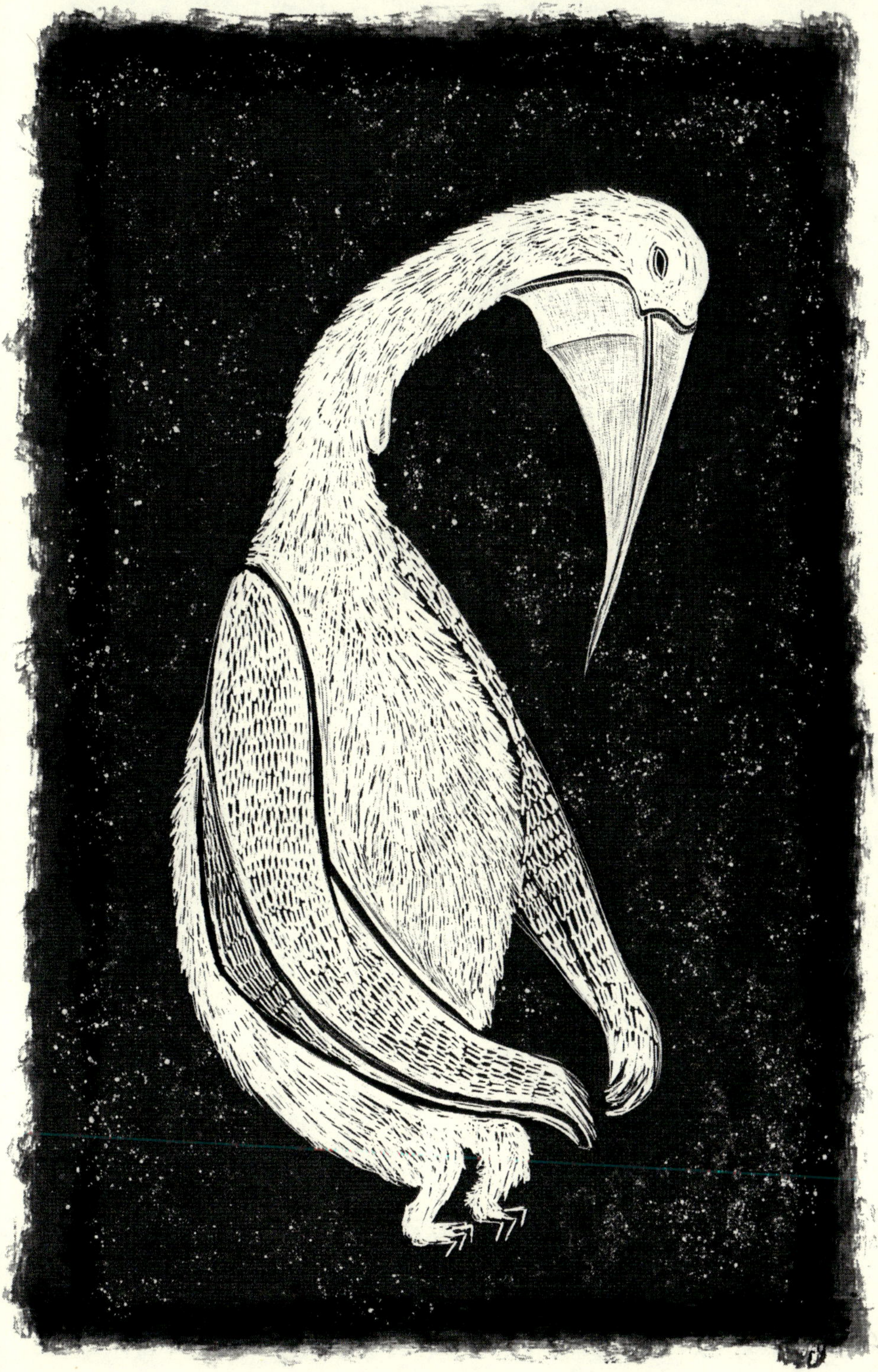

Contei-lhe a história toda como conseguira levar a fada de regresso ao reino dos mares e como ela me oferecera aquela garrafinha em sinal de gratidão. Expliquei-lhe que, dentro dela, havia uma chave líquida capaz de abrir qualquer fechadura.

No fim da história, o mineiro mal cabia em si de contente e levou-me a correr até à cela do pelicano gigante. Quando lá chegamos, a cela parecia vazia e o mineiro vociferou:

– ARTUR! ACORDA!

Pouco depois, o ar dentro da cela tornou-se brilhante, como se um pó dourado se materializasse no ar. Pouco a pouco, esse pó dourado começou a tomar forma e, no interior da enorme cela, surgiu um pelicano dourado gigantesco.

– Oh, que bonito! – exclamei eu, abismado pelo enorme pássaro brilhante com olhos doces.

– É hoje que te libertamos! – disse o mineiro, entusiasmado. Depois, mostrando-me o enorme cadeado, virou-se para mim: – É isto que temos que abrir…

Eu destapei a garrafinha, olhei uma vez para o mineiro e para o pelicano e, cuidadosamente, verti o conteúdo para dentro do enorme cadeado que, sem emitir qualquer ruído, se desfez numa nuvem lilás, da cor do lago. A porta abriu-se e o pelicano saiu, esticou as asas e, de um salto, levantou voo no interior do vulcão. Depois de ter dado três voltas a voar, o pássaro dourado aterrou novamente junto de nós.

XXXVI. Dona Melina

Depois do pelicano Artur se sacudir, esticar as penas e exercitar as asas perras em mais uns voos em torno do interior do vulcão, o mineiro colocou-me a mão no ombro, sorriu e disse:
– Vem comigo!
Segui-o em silêncio. Que outros segredos, ou perigos, haveria ainda para descobrir no interior do vulcão dos mineiros narigudos?
Depois de atravessarmos mais corredores, chegamos a uma porta aferrolhada com centenas de cadeados. O mineiro narigudo levou a mão ao bolso e, com um molho de centenas de chaves, foi abrindo os cadeados um a um. O seu ar era tão solene que eu nem me atrevi a pronunciar uma única palavra. Ao longe, ouvia-se os narigudos e as aranhas a celebrarem o regresso do pelicano dourado.
O mineiro rodou uma enorme maçaneta e, lentamente, abriu o enorme portão. Perante nós estava a rainha das abelhas, debruçada sobre o parapeito da varanda, onde tinha estado aprisionada aquele tempo todo. Dona Melina nem se apercebera que o portão se abrira e observava a festa que os outros mineiros e as aranhas faziam lá em baixo, aplaudindo os voos acrobáticos que o pelicano gigante fazia no interior do vulcão. Bem se via que também o pássaro estava eufórico, gozando a sua liberdade.
– Dona Melina? – disse eu, timidamente.
A rainha das abelhas virou-se lentamente, olhou para mim, depois para o mineiro e novamente para mim. E disse:
– Quem és tu?

— Eu sou o Simão sem medo! — respondi eu, emocionado por ter finalmente conseguido chegar junto dela. — Eu vim buscá-la...

Dona Melina olhou para o mineiro narigudo, que por sua vez, disse:

— Este valente rapaz ajudou-nos a libertar o nosso pelicano dourado. Em paga, podeis partir em liberdade com ele, quando quiserem...

— Não temos que esperar que confirmes que o lago lilás está livre? — perguntei eu, surpreendido pelas palavras do narigudo.

— Não, Simão! — sorriu o mineiro. — Tu libertaste o pelicano sem impor condições, utilizaste para tal a única chave líquida que tinhas. Esse gesto foi suficiente para confiar em ti e para te deixar partir de boa-fé.

Eu sorri para o mineiro, dirigi-me a ele e dei-lhe um grande abraço, encostando a minha cara à sua barriga felpuda.

— Obrigado! — disse eu. — Agora, temos que arranjar maneira de atravessar a neblina venenosa para regressarmos a casa...

— Não te preocupes com isso — respondeu o mineiro —, o pelicano leva-vos.

— Leva-nos? — exclamei eu, todo contente.

— Bem — acrescentou o narigudo —, não poderá levar a casa, mas pode colocar-vos dentro do seu bico e assim podem sobrevoar o campo das orquídeas carnívoras e a neblina verde do vulcão, em segurança.

— Alto lá! Afinal quem és tu, Simão? — interrompeu a rainha das abelhas, rispidamente. — E para onde me queres levar? Eu não sou nenhum objeto, que vocês decidem aprisionar, libertar e levar daqui para ali, sem mais nem menos. Já bem basta o tempo que eu estive aqui encarcerada. Nem quero pensar no que as minhas abelhas terão sofrido este tempo todo. — E continuou, para o narigudo: — Lá porque libertaram o vosso pelicano e resolveram os vossos problemas, não significa que tudo esteja resolvido. Não se prende assim, sem mais nem menos, uma rainha!

– Desculpe! – respondeu o narigudo, intimidado. – Mas foi a nossa última forma de chamar a atenção para...

Mas Dona Melina não o deixou continuar e vociferou:

– Chega! Vocês não podem pôr e dispor dos outros dessa maneira! Quando se tem um problema, resolve-se conversando, negociando e chegando a um acordo. Raptar e aprisionar alguém é algo muito grave.

Fez-se silêncio. O mineiro narigudo olhava para o chão, nitidamente envergonhado. Dona Melina olhava amargamente para as celebrações lá em baixo e eu resolvi romper aquele silêncio horrível:

– Então e agora?

– Agora? – gritou Dona Melina. – Agora, só saio daqui sob duas condições! – O mineiro ergueu os olhos, a medo, para a pequena rainha das abelhas, e ela prosseguiu: – Primeiro, exijo um pedido de desculpas formal, por parte do vosso chefe.

– Nós... não temos chefe... – respondeu o narigudo, baixinho e cabisbaixo.

– Alguém tomará decisões entre vós! Alguém ditará as regras! – retorquiu irritada a Dona Melina.

– Nós tomamos as decisões em conjunto – respondeu o mineiro, timidamente. – A única, a quem todos obedecemos, é a nossa mãe. Mas ela nunca interfere no que nós fazemos...

– Então, é com ela que eu quero falar! – ripostou Dona Melina. – E segundo, exijo que me levem de volta à minha colmeia. Foi de lá que me raptaram e é lá que quero que me levem.

– Levar-vos a casa conseguiremos, mas não aos dois. – O mineiro colocou a mão peluda sobre o meu ombro e disse-me: – Desculpa, Simão, mas o Artur não aguentaria transportar os dois por tão longa distância.

– Eu cá me arranjo! – respondi eu, compreensivo.

O mineiro dirigiu-se novamente a Dona Melina.

– Relativamente ao pedido de desculpas… a nossa mãe nunca recebeu ninguém… eu peço desculpa com toda a sinceridade e…

Sem prestar atenção ao que o narigudo dissera, Dona Melina empurrou-nos de volta para o corredor.

– Dão-me licença? – disse ela, sem sequer nos olhar nos olhos.
– Já sabem o que têm para fazer. Chega de conversas!

A rainha das abelhas fechou o enorme portão e retirou-se novamente para a sua varanda.

XXXVII. A mãe nariguda

– E agora? – perguntei eu.
O mineiro não respondeu, foi caminhando pelo corredor afora e eu segui-o.
– Vamos ter com a tua mãe? – insisti eu, impaciente.
– A nossa mãe nunca recebe ninguém, Simão – respondeu o narigudo.
– Por que não? – perguntei eu.
– Não sei! – respondeu o mineiro, algo inseguro. – Não recebe porque não recebe, porque nem sequer gosta que a perturbemos na sua câmara dourada. Sempre assim foi, sempre assim será!
– Bem... – disse eu, resignadamente. – Sendo assim, terei que me ir embora sem a Dona Melina.
O mineiro olhou-me por um instante, encolheu os ombros e disse:
– Tenho muita pena de não te poder ajudar...
– Eu vou ter com o mosquito Venâncio, para lhe dizer que partiremos de volta à duna dentro do bico do pelicano – acrescentei eu, com o ar mais inocente que consegui fazer.
Sem trocarmos mais palavras, eu segui pelo labirinto no qual novos corredores se abriam e fechavam na parede daquele por onde eu andava.
Pouco depois, cheguei novamente à varanda da sala de cúpula dourada onde a mãe dos mineiros permanecia sentada, desta vez, descascando romãs. Como, ao despedir-me do narigudo, eu tinha feito figas atrás das costas, em vez de ir ter com o Venâncio, dirigi-me à mãe nariguda. Lá estava ela muito

tranquila, continuando a descascar romãs para uma enorme tigela azul-cobalto; ao seu lado, tinha uma enorme aranha a fazer-lhe companhia.

– Olá! – acenei eu da varanda.

A mãe dos narigudos pousou a romã aberta no colo e olhou-me surpreendida, mas não me respondeu, baixou o olhar e voltou ao que estava a fazer.

Mas eu não me dei por vencido e voltei a chamar da varanda:

– Eu sou o Simão sem medo! Preciso de falar consigo, está em causa o mundo inteiro e preciso da sua ajuda!

A mãe nariguda voltou a pousar a romã, mas desta vez na tigela azul-cobalto. Fez um sinal silencioso para a sua aranha de companhia, e esta lançou uma teia na minha direção, que se colou no teto da cúpula. A mãe nariguda retirou das costas da cadeira um gancho e atirou-o ao fio de teia que a aranha lançara até junto da varanda. Depois, deslizou pelo fio de teia e ficou suspensa perante mim, com olhar interrogativo.

– Eu sou o Simão sem medo! – disse eu, mais uma vez, educadamente. – Vim até aqui porque era preciso... vir buscar a rainha das abelhas, para que as plantas do reino das cerejeiras possam voltar a ser polinizadas. Se não o fizermos, estaremos perante um desastre ecológico e tudo será destruído... até este vulcão...

– Rainha das abelhas?? – respondeu a mãe dos mineiros, com uma voz rouca que parecia já ter mil anos. – Mas quem é essa?

– A Dona Melina! Ela está aqui, numa das vossas varandas! – respondi eu, solícito.

A mãe nariguda dirigiu o olhar à sua aranha de companhia e disse:

– Temos uma rainha de visita e eu não sei de nada?

– Disseram-me que nem valia a pena vir ter consigo porque não recebia ninguém... – disse eu.

– Sim, não recebo qualquer um, é verdade – respondeu ela. – Mas obviamente que, se soubesse que temos uma rainha por aqui, tê-la-ia recebido! Leva-me até ela.

Dito isto, a mãe nariguda desceu lentamente do seu cadeirão e apoiou-se no meu braço com bastante força, como quando a avó Celeste tem das suas vertigens e me agarra no braço para se equilibrar.

Seguimos pelos corredores, de regresso ao portão que dava para a varanda onde Dona Melina se encontrava. Desta vez, demorei mais tempo porque a mãe nariguda andava muito devagarinho, como a avó Celeste.

Quando chegamos, eu bati à porta, suavemente. Do outro lado, ouviu-se um "entre" abafado. Empoleirei-me para girar a maçaneta e, com esforço, empurrei a pesada porta que se abriu para a varanda onde Dona Melina se encontrava.

XXXVIII. Renasce a esperança

— Dona Melina — disse eu, algo intimidado pelo seu mau humor —, aqui está a mãe dos narigudos. — Depois, para esta: — Apresento-lhe Dona Melina, a rainha das abelhas.
A mãe nariguda avançou para a varanda em direção da pequena monarca e exclamou:
— Bem-vinda! A que devemos a honra da sua visita?
— Visita? — retorquiu Dona Melina, indignada. — Deve estar a brincar comigo! Eu estive aqui aprisionada pelos seus filhos!
— Que diz? — exclamou a mãe dos narigudos, olhando-me estupefata.
— É verdade... — respondi eu.
— Mas como? Quando? — perguntou aflita e embaraçada a nariguda.
Resolvi contar eu a minha versão da história, pois parecia-me ser a mais neutra e menos sujeita de gerar ali uma grande algazarra. Falei das cerejeiras em flor, da princesa Florinda, da fada das algas no lago lilás e de todas as peripécias que tinha vivido até ali chegar.
Quando acabei a história, nem uma, nem outra falavam, pois ambas tinham ficado bastante impressionadas com o que eu acabara de contar. E resolvi rematar:
— Portanto, agora não interessa o passado, nem culpar ninguém. Interessa o futuro e salvar as plantas e os animais, restabelecendo o equilíbrio ecológico.
— Este rapaz tem razão — disse Dona Melina.

— Eu peço-lhe imensa desculpa por tudo isto — adiantou a mãe dos narigudos.

— Ora essa — respondeu a rainha das abelhas. — Já se sabe como são os filhos...

— Que sorte, a Dona Melina ser tão compreensiva! — continuava a nariguda.

— Que remédio, minha cara! — respondeu a rainha das abelhas. — Descanse, que as minhas abelhas de vez em quando também fazem das delas.

— Uma ralação permanente, os filhos... — suspirou a mãe dos mineiros.

Aquela conversa estava igualzinha à que a minha mãe tinha com as vizinhas, e, como eu bem sabia que aquilo podia durar horas, resolvi interromper para irmos direto à resolução do problema.

— E agora, temos que regressar o mais depressa possível...

— Não se pode ir embora sem lanchar comigo! — exclamou a mãe nariguda para Dona Melina.

— Infelizmente, não temos tempo — desculpei-me eu, o mais educadamente possível.

— Ora essa! — indignou-se a Dona Melina, falando na minha direção. — Quem disse? — Depois virou-se para a mãe dos narigudos e, desfazendo-se em sorrisos, disse: — Tenho imenso gosto em lanchar consigo, antes de me ir embora.

— Que maravilha! — respondeu a nariguda, visivelmente entusiasmada. Dirigiu-se então ao parapeito da varanda e gritou para o salão no interior do vulcão: — Meninos! Ponham a mesa que temos visitas.

— Qual das mesas? — respondeu um dos mineiros, lá de baixo.

— A flutuante, obviamente! — gritou a mãe dos narigudos. — Vou lanchar com uma rainha!

O que se seguiu foi admirável. Três mineiros arrastaram uma mesa de madrepérola para o centro da sala e as aranhas lançaram fios de teia iguais aos que usavam para pendurar os casulos. Passados poucos instantes, a mesa posta para o lanche estava suspensa no interior do vulcão, por entre os casulos dos mineiros narigudos.

Deixei as duas serem levadas à mesa por fios de teia, lançados pelas aranhas lá em baixo e fui ter com o Venâncio, para lhe dizer que, não tardava, regressaríamos às dunas.

Ia a correr pelos corredores afora, quando passei pela varanda onde Pi tinha ficado à minha espera. Tinha-me esquecido completamente do pobre caracol. Espreitei para a balaustrada onde o tinha deixado e vi-o enrolado, sem concha, claro.

— Pi — chamei eu, baixinho para não sobressaltar o medroso caracol.

Pi espetou os pauzinhos, olhou-me com alguma insegurança e disse:

— Ah, Simão! Pensei que te tinhas esquecido de mim.

— Nada disso! — respondi eu, apressadamente. — Passei aqui só para te dizer que tudo está prestes a resolver-se. Tens que esperar só mais um pouco e tu e os teus irmãos receberão as vossas casas de volta.

— A sério? — exclamou Pi, com a voz aturdida, mas contente.

— Sim! — continuei eu. — Mas agora tenho que me despachar, para avisar o mosquito Venâncio. Se eu não conseguir voltar a esta balaustrada, não te ofendas.

Acenei ao caracol e apressei-me a ir ter com o Venâncio.

Quando cheguei à porta, ele andava a esvoaçar nervoso com a minha demora. Depois de muitas perguntas e explicações, o mosquito deixou-me regressar ao interior do vulcão para resolver o assunto de uma vez por todas.

XXXIX. Uma descoberta fascinante

A partida do vulcão ainda demorou algum tempo. Primeiro que nada, tive que esperar que Dona Melina e a mãe dos narigudos acabassem o lanche, que me pareceu interminável. Ainda por cima, porque as duas não paravam de conversar.

Depois, foi a discussão de quem é que o pelicano Artur conseguia levar no seu bico. Ficou então combinado que ele atravessaria o campo das orquídeas comigo, Dona Melina e o mosquito Venâncio no bico. Eu e o Venâncio ficaríamos na duna dos cardos, e o pelicano seguiria para o reino das cerejeiras, apenas com Dona Melina no bico.

Após muitos acenos, beijinhos, desejos de todas as coisas boas imagináveis e "adeus, até qualquer dia", Dona Melina lá entrou para o bico do Artur onde eu e o Venâncio já esperávamos, impacientes.

– Que agradável, a mãe dos narigudos! – suspirou, contente, a Dona Melina. No entanto, rapidamente retomou o seu ar de rainha e disse com firmeza: – Vamos Artur, não há tempo a perder!

Depois de um voo às escuras dentro do bico do pelicano, aterramos na duna dos cardos, agora sem rolas. Eu e o Venâncio saímos e acenamos a Dona Melina que continuou viagem com o Artur.

– Que vazio que isto está, sem as rolas – suspirou o Venâncio, entristecido.

– Temos que ver se a duna se mantém sem elas – refleti eu.

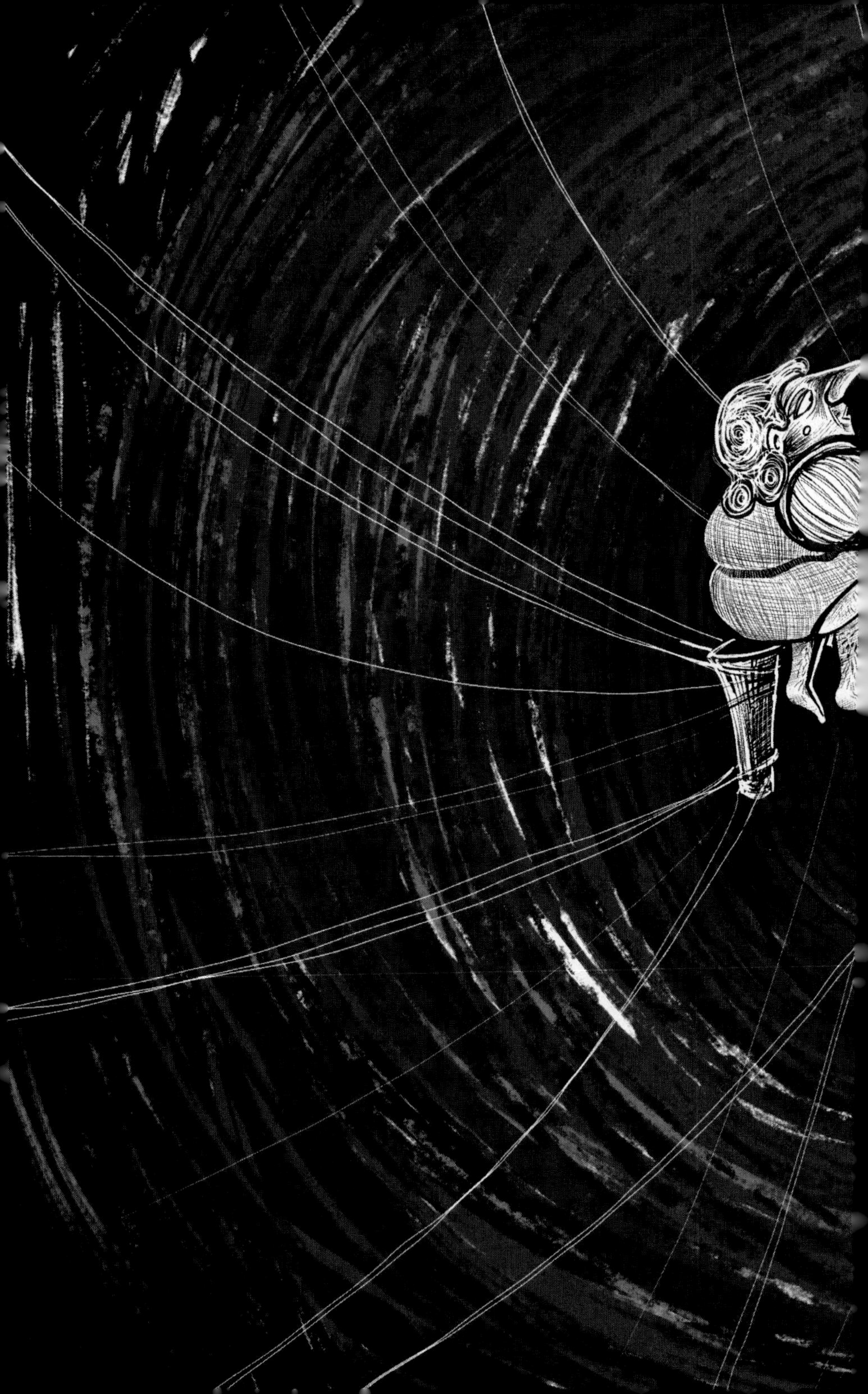

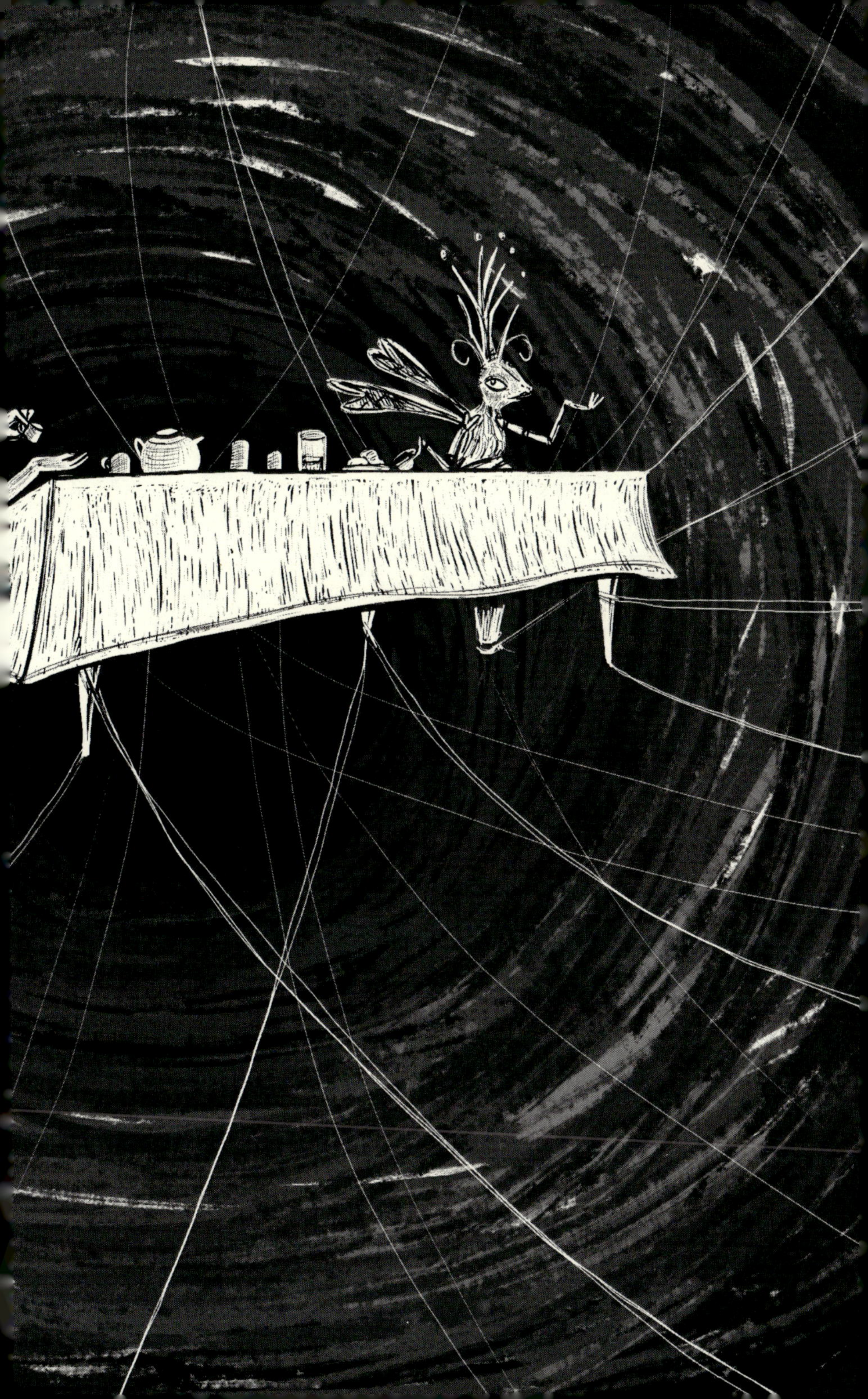

– Vai ser difícil – respondeu o Venâncio. – As rolas comiam as sementes e controlavam a quantidade de cardos novos que nasciam. Sem elas, e quando as abelhas voltarem para os polinizar, lentamente, eles tornar-se-ão numa praga.

– Pode ser que me ocorra uma solução – disse eu, pensativo.

– Como é que tu agora vais para o reino das cerejeiras? – perguntou o mosquito.

– Eu agora sigo a pé – disse eu.

– Olha, eu tenho de ir ver da minha família – respondeu ele. – Já devem estar todos preocupados.

Despedimo-nos rapidamente e eu ia a meter-me a caminho, quando, mesmo em frente do meu nariz, surgiu uma efêmera.

– És tu o Simão sem medo? – disse ela, apressada.

– Sou – respondi eu, surpreendido. – Como é que sabes?

– Na família das efêmeras, as notícias têm que correr depressa, senão não temos hipótese – respondeu ela, bem-humorada. E continuou: – Mas o que importa agora é outra coisa. Anda comigo!

Sem aguardar resposta, a efêmera desatou a voar e eu tive que dar uma corrida para a conseguir seguir. A certo ponto, parou e sussurrou:

– Olha! – apontou ela para um aglomerado de cardos, numa encosta resguardada da duna.

Mal podia acreditar no que via. Aconchegados entre as folhas e as flores dos cardos, estavam três ninhos: dois com três e um com dois pequenos ovos acinzentados.

– São... são ovos de rola? – perguntei eu, emocionado.

– Sim! – respondeu a efêmera, e caiu morta no chão.

O que vale é que já me tinha habituado à breve vida daqueles insetos. Aproximei-me cuidadosamente dos três ninhos. Olhei em volta, na esperança de ver as rolas que lhes pertenciam.

– VASCO!... – chamei eu, o mais alto que consegui, e em várias direções. – VASCO! Há alguma rola por aqui??? – Nada, nenhuma resposta.

Resolvi juntar os ovinhos no maior dos ninhos, despi a minha camisola e, com todo o cuidado, juntando hastes secas de cardos, improvisei uma trouxa.

Pus-me então a caminho, de regresso ao jardim, ali seria impossível encontrar quem chocasse aqueles ovos. Claro que a viagem de regresso foi mais demorada. Não podia correr e, para passar cada um dos muros, tinha que, primeiro, colocar a minha valiosa trouxa em segurança, e só depois saltar. Nos muros mais baixos, conseguia pôr a trouxa lá em cima antes de saltar. Nos mais altos, levava a trouxa às costas, agarrando as pontas com os dentes e, com mil cuidados, trepava lentamente, como um lagarto preguiçoso.

À medida que ia saltando os muros, fui pensando naquela história e decidi que era urgente ir falar com Dom Alvor e Dona Azeviche, para desfazer o mito dos demônios nariguods.

O esforço da viagem de regresso foi muito maior e, talvez pela preocupação de transportar os pequenos ovos sãos e salvos, quando cheguei ao meu jardim, estava exausto. Pousei a trouxa suavemente junto da cerejeira e deitei-me a retomar fôlego.

XL. Reencontro com a Matilde

— SIMÃO!! SIMÃO!! ACORDA!
Lá ao longe, nos meus sonhos, a voz da Matilde soava muito distante. Abri os olhos lentamente e deparei-me com os oito ovos cinzentos junto a mim.
— Felizmente! — exclamou a rinoceronte, eufórica.
— CONSEGUISTE!
Ainda estremunhado, olhei em volta, tendo cuidado para não esmagar os ovos. As cerejeiras estavam todas carregadas de frutos.
— Conseguiste, Simão! — dizia, rindo, a jardineira rinoceronte.
— Desobedeceste-me e foste ao vulcão, mas agora és o nosso herói.
— Não sou, não! — respondi eu. — Ainda não sou.
— Claro que és! — retorquiu a Matilde, entusiasmada. — A rainha das abelhas regressou e as cerejeiras deram fruto!
— Infelizmente, as coisas não são assim tão simples, Matilde! — comecei eu a explicar. — Temos que arranjar maneira de chocar estes oito ovos, rapidamente, antes que eles se estraguem!
— Que ovos são esses? — perguntou a intrigada Matilde.
— Há uma duna, muito longe daqui, que nos protege dos vapores venenosos do vulcão — expliquei eu. — E essa duna depende dos cardos que nela vivem. E, das flores dos cardos, alimentava-se um bando de rolas que morreu. Sem elas, o equilíbrio ecológico da duna fica incompleto.
— Não estou a perceber nada! — disse a Matilde.

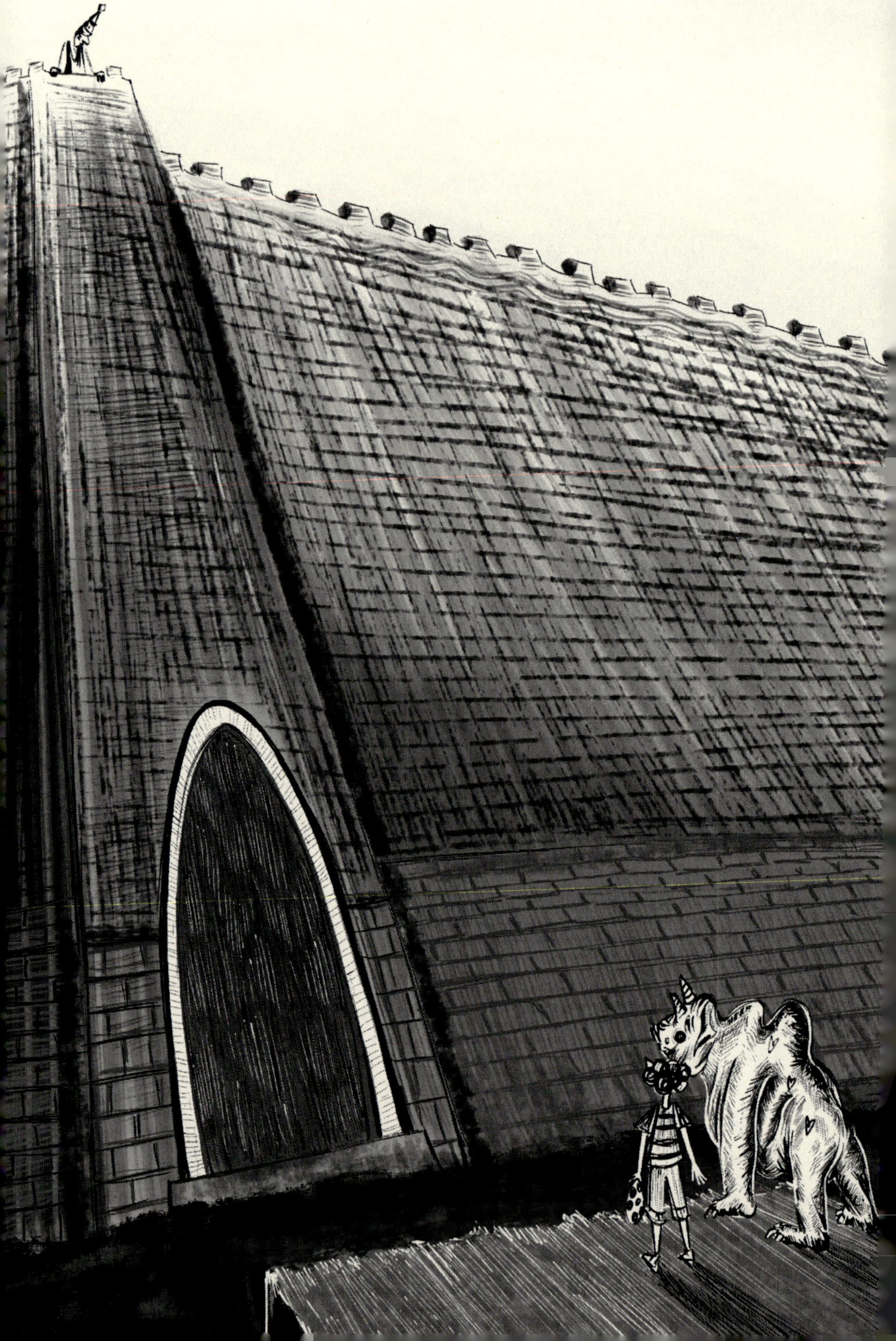

Foi então que expliquei à rinoceronte como eu tinha conseguido chegar ao vulcão.

– Tu tinhas razão, Matilde! – expliquei eu. – O tal campo de orquídeas carnívoras que rodeia o vulcão é muito perigoso. Além de, primeiro, termos que atravessar uma ponte mole, sobre um rio cheio de sereias amaldiçoadas que te tentam puxar para junto delas para sempre, as orquídeas são enormes! E têm gaviões peganhentos que se enrolam nas pernas e nos braços de quem lá passa. É com esses gaviões que elas levam as suas presas à flor, que é onde depois as digerem lentamente.

– Que nojo! – exclamou a Matilde, torcendo o nariz.

– Pois! – continuei eu. – E foi mesmo aí que as rolas me salvaram. Com os seus bicos, cortaram os gaviões que se tinham enrolado às minhas pernas e aos meus braços. Contudo, rapidamente morreram envenenadas pela neblina verde do vulcão...

– Oh! Pobrezinhas! – suspirou a Matilde.

– Pois... daí a importância destes ovos, entendes? – expliquei eu. – São ovos de três ninhos diferentes, que eu encontrei entre os cardos nas dunas. Temos que os chocar rapidamente!

A Matilde sorriu, tocou-me no ombro, cuidadosamente, abriu um dos seus lenços cor-de-rosa e colocou os oito ovos lá dentro. Depois, olhou-me ternamente e disse:

– Isso não é problema. As pombas do palácio conhecem-me bem e confiam em mim porque eu tenho sempre muito cuidado com os ninhos delas, quando trato do jardim real. Elas chocarão estes ovos. Confia em mim, Simão, eu levo-os ao palácio e arranjo maneira de eles serem chocados.

– Eu vou contigo! – exclamei eu, resoluto. – De qualquer forma, eu queria ir falar com o rei e com a rainha.

– Eles não recebem ninguém, Simão – respondeu a jardineira, cética. – Nem te deixam sequer entrar no palácio...

– Por isso, vou contigo! – respondi eu.

– Bem, eu só tenho acesso aos jardins do palácio! – disse a Matilde. – Mas podemos experimentar...

– Já não é mau – continuei eu –, uma vez lá dentro, eu desembaraço-me.

– Muito bem – respondeu a Matilde –, tu segues o caminho que já conheces. Eu fiz um pacto com a casa real de não dizer a ninguém a forma mágica de chegar ao palácio.

– Eu vou de garça! – retorqui eu, despreocupado.

– Então, encontramo-nos junto ao portão principal! – concedeu a Matilde.

– Combinado! – assenti eu, obedientemente.

XLI. À porta do palácio real

Desci do dorso branco da garça Inês, desta vez, com um tesouro bem maior do que da primeira: não uma falsa almofada, mas sim ovos de rola que salvariam o mundo inteiro.

A garça olhou-me com os seus olhos sorridentes, levantou voo e desapareceu, planando sobre o campo de girassóis. Junto à entrada do palácio, a rinoceronte esperava apreensiva. Depois de batermos ao portão, o sentinela espreitou lá do alto.

— Sou eu, venho tratar dos cravos vermelhos! — disse a Matilde, bem alto.

— E esse rapaz? — respondeu o sentinela, desconfiado.

— É um amigo meu… — disse a Matilde, intimidada.

— Hoje não é dia de visitas e tu não tens requerimento para trazer estranhos, pois não? — gritou o soldado.

— Não, mas…

A Matilde nem conseguiu acabar a frase. O sentinela interrompeu-a, sem querer ouvir mais argumentos, e exclamou, bem alto:

— Não há mas, nem meio mas. Entras sozinha, e o rapaz espera por ti aí fora.

Olhei para a Matilde que, entristecida, disse baixinho:

— Eu calculei que não fosse possível.

— Toma! — respondi eu, passando-lhe a trouxa com os ovos. — Entra tu e trata de encontrar quem choque os ovos.

— E tu esperas aqui? — disse a Matilde.

– Que remédio… – respondi eu, desiludido, mas também impaciente para que a jardineira entrasse no palácio e encontrasse rapidamente pais adotivos para a ninhada.

A Matilde pegou na trouxa, sorriu-me, deu-me um beijinho na testa e gritou para o sentinela:

– Muito bem! Eu entro sozinha!

O sentinela desapareceu, pouco depois, o portão abriu-se e a Matilde entrou por ele adentro, piscando-me o olho.

Sentara-me junto à ponte, sobre o fosso que rodeava o palácio, e lembrei-me da travessia que me tinha levado ao campo das orquídeas carnívoras. Ali não havia sereias malditas, apenas uma água turva onde nadavam vários cardumes de piranhas, abocanhando a superfície da água. Deviam ter esperança que eu, ou algo que pudessem comer, caísse à água.

Subitamente, uma voz atrás de mim sussurrou, cuidadosamente:

– Que fazes aqui, Simão?

Era um mineiro, um mineiro narigudo.

– Estou à espera da Matilde, a jardineira do reino – respondi eu. – Ela levou os ovos das rolas para serem chocados pelas pombas do palácio. – Depois olhei melhor e acrescentei, na dúvida: – Nós conhecemo-nos?

– Sim e não. – respondeu o mineiro, sorridente.

– Foi contigo que eu estive no interior do vulcão? – perguntei eu, cuidadosamente.

– Não… – continuou o mineiro, sorridente. – Mas tu já me assustaste uma vez, exatamente aqui. Lembras-te?

Nesse instante reparei na perna de pau que o impedia de caminhar sem esforço.

– Ah! – exclamei eu. – Já sei! E desculpa. Eu tinha uma ideia completamente errada de vocês.

– Então, não vais cantar, pois não? – disse o felpudo mineiro, piscando-me o olho.

– Claro que não! – respondi eu, acanhado. E apressei-me a mudar de assunto: – Eu queria ir falar com o rei, ou com a rainha, mas não me deixaram entrar...

– Claro que não! – respondeu o mineiro, olhando amargamente para as altas paredes do palácio. – Nunca lá entra ninguém... e quem entra, nunca mais sai...

– Isso não é verdade – respondi eu. – Daquela vez que eu te assustei, pouco depois, consegui entrar no palácio porque tinha uma prenda para salvar a princesa Florinda...

– Salvar de quê? – perguntou o mineiro, curioso.

– Bem... – respondi eu, timidamente. – Do feitiço que vocês lhe colocaram...

– Tu sabes porque o fizemos, não sabes?

— Sei... porque queriam continuar a meter medo às crianças do reino! – respondi eu, acusadoramente.

– Isso não é bem assim, Simão! – respondeu o mineiro, sentando-se ao meu lado, sobre o muro. Depois, respirou fundo e, com o olhar perdido em direção do vasto campo de girassóis, continuou: – Eu vou contar-te o que se passou.

O mineiro respirou fundo mais uma vez e iniciou a sua história:

– Desde sempre, nós pregamos sustos às crianças do reino durante a noite, o que funcionava maravilhosamente para, a pouco e pouco, elas perderem o medo. Com cada susto que apanhavam, as crianças tornavam-se cada vez mais corajosas, pois após cada susto que pregávamos, nós oferecíamos-lhes pétalas de cristal secretas que, sob o olhar dos adultos, imediatamente se desfaziam e desapareciam no ar.

– As pétalas das flores de cristal do lago lilás? – perguntei eu, entusiasmado.

– Isso mesmo, Simão! – sorriu o mineiro.

– E para que serviam as pétalas de cristal? – aquilo intrigava-me.

– Ora, para não terem medo! – respondeu o mineiro. E continuou: – O problema foi que, quando a princesa Florinda nasceu, Dona Azeviche e Dom Alvor quiseram protegê-la demasiado e proibiram-nos de continuar a pregar sustos enquanto a princesa dormisse, ou seja, de noite. E de dia não se prega sustos como deve ser, além disso, durante o dia há sempre adultos à volta que, com o seu olhar, destruiriam as pétalas de cristal. Tivemos então que recorrer a um feitiço para podermos continuar a assustar as restantes crianças do reino.

– Ah – interrompi eu, finalmente compreendendo melhor o que se passara –, por isso a maldição para que a princesa não dormisse... assim, podiam continuar a assustar as crianças à noite, pois ela não estaria a dormir.

– Exato! – assentiu o mineiro.

XlII. A doença do medo

Depois de refletir alguns momentos, observando as piranhas famintas no fosso, ocorreu-me a questão:
– Por que é que não explicaram essa história dos sustos aos reis, antes de enfeitiçarem a princesa? – perguntei eu.
– Porque os reis não recebem ninguém – respondeu o mineiro, soturnamente. – Em vez disso, valeram-se de Dona Melina e de um antídoto às três pancadas que acabou por não resolver o assunto como deve ser.
– Foi por isso que raptaram Dona Melina? – ripostei eu. – Para impedir que houvesse caroços de cereja para as almofadas da princesa?
– Sim! – respondeu o narigudo, calmamente. – Mas entende isto: não foi só por causa da princesa Florinda, foi também pela importância do ecossistema do lago lilás, e pelas flores de cristal, sem as quais o medo prevalecerá nos corações dos humanos. Era urgente chamar a atenção!
– E o rei e a rainha não ouviriam ninguém? – respondi eu. – Se eles não recebem a vocês, talvez aceitassem ouvir essa história de alguém mais... neutro...
– Eles sempre se recusaram a ouvir quem quer que seja. Ainda menos a nós, os "demônios narigudos"...
O olhar melancólico do mineiro não se desviava do campo de girassóis. Apesar da sua tristeza, eu continuei:
– Mas a minha avó disse-me que eles regiam harmoniosamente e que o problema eram os... – evitei dizer demônios mais uma vez – vocês... e a feiticeira... ah! E os dragões...

– Essa é a imagem que eles passam aqui no reino das cerejeiras, Simão – respondeu o mineiro, olhando-me nos olhos.
– Exatamente porque estão doentes... doentes de medo...
– Doentes de medo? – estranhei eu, pois nunca tinha ouvido falar de alguém que estivesse doente de medo. – Se tivessem medo não saberiam tomar decisões e elaborar decretos.
– Eles tomam as suas decisões a partir do seu salão de congressos, e nunca abandonam o palácio... – acrescentou o mineiro. – Daí terem acontecido todas as confusões de que tu já te apercebeste. Proibiram-nos de pregar sustos sem mais nem menos, só por serem protetivos, ou seja, por terem medo; deram asilo à fada das algas sem sequer se interessarem se ela se sentiria bem no lago lilás e muito menos que implicações tal teria para o ecossistema do lago... podiam tê-la alojado no lago do jardim do palácio, mas tiveram medo... enfim, regem um reino que não conhecem e isto por um motivo muito simples: têm medo.
– Sendo assim – respondi eu –, alguém tem que os esclarecer e tirar-lhes o medo.
– Sim... – assentiu o mineiro. –A questão é: como fazê-lo?
Ficamos ali, sentados um ao lado do outro, em silêncio. Por mais que puxasse pela cabeça, não me ocorria nenhuma ideia para resolver aquele impasse entre os reis e os mineiros narigudos. Depois de divagar um bocado, surgiu-me a seguinte questão:
– Olha lá, acabei por nunca saber ao certo afinal que tipo de mineiros vocês são nem o que se passa dentro do vulcão...
– Vamos por partes: o vulcão é o nosso ninho. De vinte em vinte anos, a nossa mãe põe os ovos, dos quais nascem as novas gerações. Nesses vinte anos ela vai crescendo e aumentando de peso, até mal caber na sala dourada onde mora. Antes de pôr os ovos ela alimenta-se apenas das flores de cristal do lago lilás.

Nos dias seguintes à postura dos ovos, alimenta-se apenas das romãs que nascem no bosque da feiticeira. Depois, o pelicano gigante fecunda-a novamente e ela alimenta-se de novo apenas das flores de cristal. É este o ciclo dentro do vulcão.

– E porque é que fizeram o vosso ninho num local tão perigoso? – perguntei eu, intrigado.

– Porque temos que proteger a nossa mãe dos olhares dos adultos. – respondeu o mineiro, muito baixinho. – Uma vez que ela só come pétalas de cristal durante quase vinte anos, ela desfazer-se-ia sob o olhar de qualquer adulto. – Depois continuou, menos intimidado: – São essas as nossas funções: colher raízes das orquídeas carnívoras para envolver os nossos ovos naquele adubo que nós produzimos dentro do vulcão, pois ele torna-nos imunes aos vapores venenosos, e também às orquídeas. O resto do tempo, passamo-lo a colher flores de cristal e a pregar sustos às crianças dos reinos vizinhos.

– Então não são mineiros de coisa nenhuma... – concluí eu.

– Bem – respondeu o narigudo, calmamente –, há algo que tu ainda não sabes... mas é um segredo... não te posso contar...– Anda lá! – exclamei eu, indignado. – Não me digas que ainda não confias em mim...

– Não se trata de confiar em ti ou não – respondeu o mineiro. – Pediram-me para guardar segredo e, por isso, não te posso contar porque nós somos mineiros. Desculpa... mas não insistas...

Fiquei um pouco perplexo com as palavras do mineiro narigudo. Afinal, ainda havia coisas por descobrir naquele reino.

XLIII. A feiticeira desvenda o segredo

Tínhamos mergulhado novamente em silêncio. O mineiro com o olhar perdido no campo de girassóis; eu, dando voltas e mais voltas à cabeça, a tentar perceber que segredo seria aquele dos mineiros.

Subitamente, saltando pela margem do fosso, lá muito em baixo, surgiu a feiticeira, alimentando as piranhas com flocos azulados. Quando se encontrava quase debaixo da ponte onde nós estávamos sentados, a feiticeira transformou-se num remoinho de fumo azul que subiu até nós. De seguida, a nuvem azul condensou-se mesmo à nossa frente e a feiticeira materializou-se no ar, mesmo debaixo dos nossos narizes. A sua cauda de lagarto ondeava, os seus cascos de cabra brilhavam e, sobre o seu ombro, a rã Beatriz olhava-nos, sorrindo.

Nem eu, nem o mineiro nos atrevemos a pronunciar um som sequer. A feiticeira olhou-me nos olhos e, com a sua voz grasnada, disse:

– Em todos os adultos há uma criança! Nalguns, uma criança sem medo e feliz, noutros, uma criança triste e medrosa. Não adianta quereres falar com o rei e com a rainha… tens que tentar falar com as crianças no interior deles. Não há outra forma de explicar as coisas aos adultos.

– Crianças no interior dos adultos? – estranhei eu.

– Cada adulto começou por ser criança, Simão – respondeu a feiticeira. – E essa criança não desapareceu, em nenhum deles. Está apenas escondida, muitas vezes esquecida, abandonada no interior do corpo adulto... e até talvez impossível de voltar a encontrar.

– Mas o rei e a rainha são poderosos e fortes! São... reis... – disse eu, sem perceber bem o que a feiticeira acabara de dizer.

– O poder deles está nos teus olhos, Simão – grasnou a feiticeira, com um sorriso provocador. – Eles só são poderosos perante os seus súbditos. Ninguém é poderoso sozinho. Nem eu! – e piscou-me o olho.

– Nem tu? – retorqui eu, surpreendido.

– Nem eu, Simão! – continuou a feiticeira. – Sozinha, nem os meus poderes me valem de nada, nem eu os poderia regenerar...

Nessa altura, a feiticeira flutuou até ao mineiro narigudo, estendeu a mão escamosa e acariciou-lhe a tromba coberta de pelo prateado. O mineiro começou imediatamente a ronronar como um gato e a feiticeira acrescentou:

– Sem estes felpudos amigos, eu não existiria...

Ao ouvir isto, o mineiro narigudo abriu os olhos muito espantado e exclamou:

– Vais contar-lhe o segredo?

A feiticeira sorriu, desviou o seu olhar para mim e disse:

– Por que não? Este rapaz pode mudar muita coisa... pode tornar este reino melhor...

A feiticeira levou as mãos de lagarto aos bolsos e lançou no ar dois punhados de flocos azuis que, como pétalas de flores, caíram lentamente à superfície da água do fosso, para gáudio das piranhas que com eles se deliciaram.

– Não estou a perceber nada... – disse eu, realmente baralhado.

– É o segredo de que te falava há pouco – disse o mineiro.

– Para subsistir – continuou a feiticeira –, para continuar a fazer poções, para poder comandar as órbitas dos planetas e acender e apagar as estrelas no céu, eu preciso do diamante azul. E esse diamante azul cresce apenas nos rochedos entre as raízes das orquídeas carnívoras. É do diamante azul que eu destilo os meus vapores e as minhas nuvens, sem os quais, eu não existiria. Em contrapartida, os mineiros são os únicos a poderem colher as romãs do meu bosque encantado – as romãs da vida eterna…

– Romãs da vida eterna? – perguntei eu, abismado.

– Sim – continuou a feiticeira –, é dessas romãs que a mãe dos narigudos se alimenta. Só assim ela pode viver para sempre e continuar a pôr os ovos dos quais os novos mineiros nascerão. Todos dependemos uns dos outros, apesar de cada qual seguir o seu caminho. Quem não estiver ciente de que partilhamos o mesmo mundo, corre o risco de o destruir e de colocar em perigo todos os outros. E lembra-te: não basta não ter medo, é preciso não ter medo do medo.

XLIV. Reflexões

a feiticeira desfez-se novamente na sua nuvem azul e dissipou-se no ar, deixando-nos, a mim e ao mineiro, mergulhados num silêncio estranho. As palavras da feiticeira pareciam ainda flutuar à nossa frente: "não basta não ter medo, é preciso não ter medo do medo." Subitamente, o narigudo levantou-se e disse:

– Simão! Eu tenho que me ir embora, já estou atrasado e não quero que os meus irmãos se preocupem comigo. Adeus!

Nem esperou pela minha resposta. Galgando o muro da ponte sobre o fosso do palácio, o mineiro partiu coxeando pelo campo de girassóis adentro.

Ali fiquei sozinho, alguns momentos, em silêncio, até começar a ouvir os rouxinóis ao longe, a cantar o anoitecer. Chamei a garça Inês, sobrevoamos o campo de girassóis enquanto o sol se punha no horizonte e, desta vez, muito lentamente, fui saltando os muros em direção ao nosso jardim.

Quando cheguei, já era de noite. Lá cima, no céu escuro e sob as estrelas, corujas, mochos e morcegos voavam alegremente, saudando a noite. Lá longe, no palácio, Dona Azeviche certamente recebia o ceptro de Dom Alvor para reinar noite adentro.

Encostei-me à cerejeira carregada de frutos e, olhando para as constelações lá no alto, fui divagando sobre tudo o que se passara. A fada das algas tinha regressado a casa, Dona Melina tinha sido libertada, as cerejeiras estavam cheias de fruto, os demônios narigudos afinal eram mineiros e assustavam as crianças do reino enquanto a princesa Florinda dormia sobre a sua almofada de caroços de cereja. Restava esperar que as pombas do palácio cumprissem a sua missão de mães e pais adotivos e criassem as rolas da duna de cardos.

Contudo, eu não podia ficar ali à espera que os ovos fossem chocados e as rolas criadas, até terem idade para serem levadas à duna. Isto levantou o problema de encontrar alguém a quem confiar tal missão tão importante.

Foi então que vi um bufo-real, uma espécie mocho enorme, pousado sobre o muro do nosso jardim.

– Boa noite! – disse eu, educadamente.

– Boa noite – respondeu o bufo, também educadamente.

– Eu sou o Simão sem medo! – apresentei-me eu, aproximando-me do muro.

– Muito prazer, Simão – respondeu o bufo. – Eu chamo-me Gustavo.

– Nunca te tinha visto por aqui! – disse eu.

– Nem eu a ti – respondeu o bufo. – O que é natural, pois eu sou notívago, durmo durante o dia e vivo durante a noite.

– Também precisas de uma almofada de caroços de cereja? – perguntei eu.

– Hahaha! – riu o bufo, à gargalhada. – Não. Nós não somos como a princesa Florinda. É mesmo da nossa natureza dormirmos durante o dia.

Não havia dúvida de que era um animal simpático e comunicativo. Ficamos alguns momentos à conversa. Ele contou-me da vida noturna dos bufos, das corujas e dos mochos, seus primos. E eu contei-lhe as minhas aventuras mais recentes. Foi então que o bufo abriu as asas e levantou voo na minha direção. Eu estendi o braço e ele, firmemente mas sem me aleijar, usou-o como poleiro. Era uma ave grande e pesada, mas os seus olhos eram tão luminosos e expressivos que eu mal me apercebi do peso sobre o meu braço.

– Se quiseres, eu ajudo-te, Simão – segredou o bufo. – Quando as rolas nascerem, eu levo-as à duna dos cardos.

– Tu sabes onde fica? – exclamei, surpreendido, mas também aliviado por talvez ter encontrado quem conduzisse as jovens rolas à duna.

– Claro que sei! – respondeu o bufo. – Eu já sobrevoei o reino inteiro.

– E posso confiar em ti? – continuei eu. – Juras que não te esqueces? Desta missão depende a subsistência da duna e, tal como te contei, dela dependemos todos nós.

– Não te preocupes, Simão! – respondeu o Gustavo.

Subitamente, atrás de mim, a voz da Matilde bradou bem alto, interrompendo-nos. Talvez devido ao silêncio da noite, a voz de Matilde soou mais alto do que era costume:

– NEM PENSAR!

O bufo levantou voo novamente e foi pousar num ramo da cerejeira. Eu virei-me e, atônito, fiquei a olhar para a rinoceronte que tinha uma expressão feroz, como eu nunca lhe tinha visto.

– Matilde! – disse eu, cautelosamente. – O que é que te deu?

– Um BUFO-REAL, Simão! – exclamou ela, agora um pouco mais baixo. – Tu sabes de que é que eles se alimentam?

Não sabia, nem sequer achei que o menu daquelas aves viesse agora ao caso. Fiquei a olhar para a jardineira com ar interrogativo e ela continuou:

– Os bufos comem roedores e... aves menores do que eles... – Matilde fez uma pequena pausa, como que aguardando que eu entendesse o óbvio e, de seguida, concluiu: – Tu estás praticamente a oferecer as rolas de almoço ao bufo...

XLV. O voo do bufo-real

– Alto lá! – exclamou o bufo-real, lá no alto, no ramo de cerejeira. E continuou, meio zangado: – Não podes pôr assim em causa a minha palavra! Se eu disse que o Simão podia confiar em mim, não podes alegar que eu comeria as rolas, ainda por cima sem sequer me conheceres!

– Não te conheço, é verdade, mas sei do que te alimentas! – respondeu a Matilde, assertiva, num tom provocador.

– Que eu saiba, os rinocerontes alimentam-se de plantas, certo? – retorquiu o bufo, menos exaltado, mas ainda um pouco zangado.

– Sim! – disse a jardineira, respondona. – E o que é que isso tem a ver com as rolas?

– Com as rolas não tem muito a ver, não diretamente – continuou o Gustavo, agora calmamente. – Mas se tu comes plantas, não haveria razão para te confiar as funções de jardineira do reino. Poder-se-ia alegar que tu comerias as flores dos jardins do palácio real, ou mesmo todas as plantas do reino, sem qualquer critério!

Fez-se silêncio.

– Disparate! – exclamou por fim a Matilde.

– Exato! – ripostou rapidamente o bufo-real. – Da mesma forma que é um disparate afirmares algo semelhante no meu caso.

Fez-se silêncio novamente. E eu decidi intervir:

– Ele tem razão, Matilde.

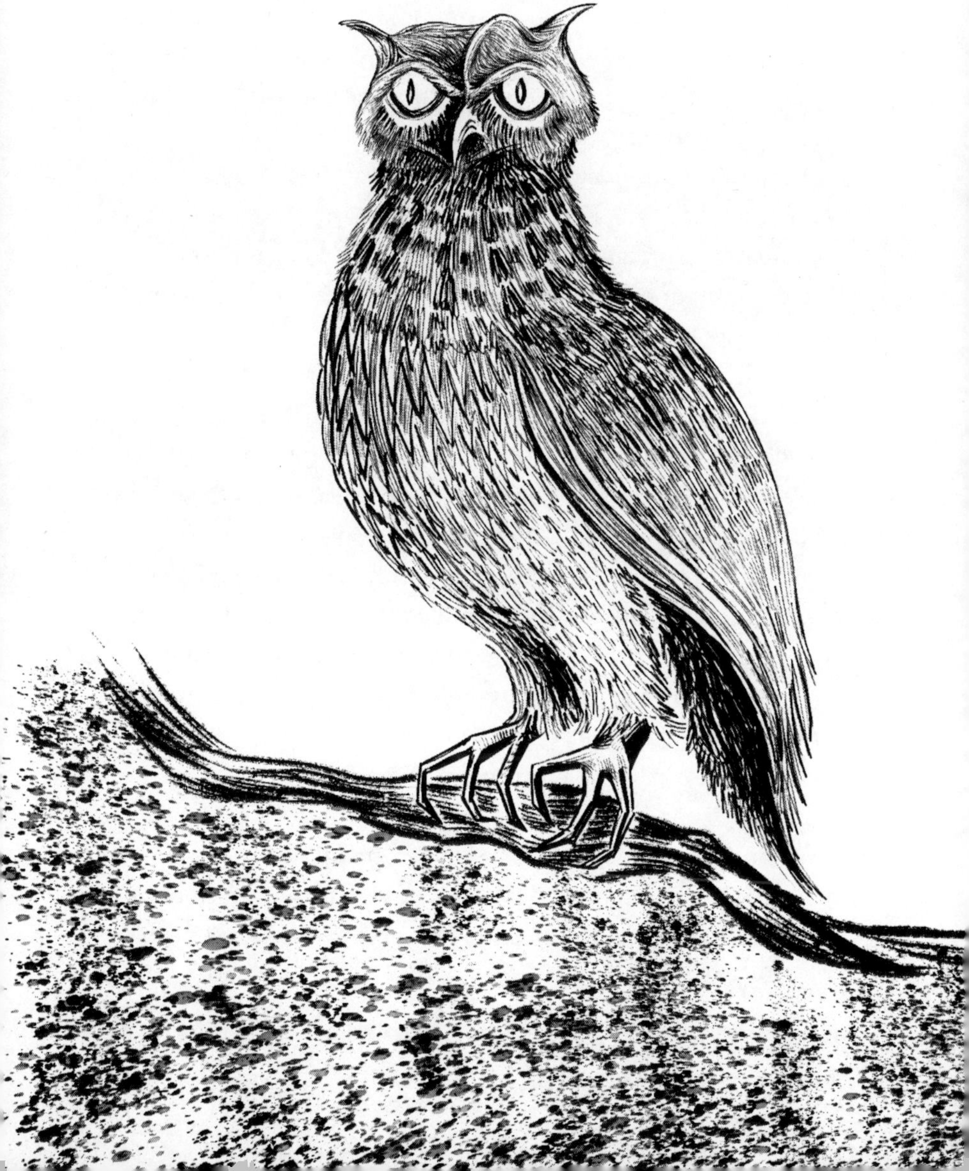

— Fazemos o seguinte – adiantou o Gustavo – Simão, queres vir dar um passeio comigo? Montas o meu dorso e voamos juntos pelo reino fora. Assim conhecemo-nos melhor. Também entendo que a Matilde, não me conhecendo, seja cuidadosa. – E virando-se para a rinoceronte, acrescentou: – Não te levo a mal.

— Mas para onde queres levar o Simão? – continuou a Matilde, mais calma.

— Só dar um passeio pelo ar, para nos conhecermos melhor e ele perceber que sou digno de confiança. Que dizes, Simão?

— De acordo! – respondi eu, rapidamente e antes que a Matilde pudesse conjeturar.

O enorme bufo-real voou até mim, desta vez, pousando no chão do jardim, sob a cerejeira, agachando-se para me facilitar a subida para o seu dorso. Lentamente, e com um pouco de esforço, o grande pássaro levantou voo comigo montado entre as suas asas.

— CUIDADO! – bradou a rinoceronte jardineira lá de baixo, acenando o seu lenço cor-de-rosa do costume. – Eu fico aqui à espera!

Cada vez voávamos mais alto, sobre os jardins das cerejeiras, passando os campos de girassóis, estes, por sua vez, com as pétalas encolhidas, por ser de noite. Depois, aproximamo-nos do palácio, sobrevoamos o enorme jardim real e passamos sobre a varanda onde Dona Azeviche se encontrava, chorando sozinha.

— O que é que a rainha tem? – perguntei eu, surpreendido.

— Dona Azeviche passa as noites a chorar… – respondeu o bufo. – Por causa da maldição…

— Da maldição sobre a princesa Florinda? – perguntei eu.

— Não, Simão… – respondeu o bufo, voando agora mais alto e deixando o palácio lá em baixo, tão pequenino que parecia um palácio de brinquedo. – Dona Azeviche foi amaldiçoada, quando ainda era uma princesa. Por isso é que só dorme de dia e passa as noites acordada... eu mostro-te o que aconteceu... mas agarra-te bem às minhas penas!

Dizendo isto, o bufo iniciou um voo quase vertical a uma velocidade vertiginosa, igual à dos dragões, subindo muito acima das nuvens.

– Agora cuidado! – disse ele, ao aproximarmo-nos do que parecia uma cúpula que envolvia o planeta inteiro. – Fecha os olhos e contém a respiração.

Poucos segundos depois, atravessamos uma camada de ar gelado onde se ouvia ecos caóticos e irreconhecíveis. Aquela travessia durou poucos segundos, e, logo depois, o bufo inverteu a direção do voo, descendo novamente.

– Já podes abrir os olhos, Simão! – exclamou o Gustavo. – Não te admires, recuamos vinte anos no tempo... Dona Azeviche, aliás a princesa Azeviche, faz hoje dez anos e no palácio é noite de festa. Dentro da corte, todos sabem que a princesa tem medo do escuro e, por isso, daqui a pouco, haverá um fogo de artifício interminável em sua honra.

– Por que é que a princesa tem medo do escuro? – perguntei eu.

– Porque o demônio narigudo incumbido de a assustar, ou seja, de lhe tirar o medo, escorregou e caiu no fosso que cerca o palácio. As piranhas devoraram a sua perna direita e ele só teve tempo de, com a esquerda, dar um salto para a ponte para se salvar. A única forma de o curar seria no bosque da feiticeira, mas sem pé direito ele nunca mais pôde lá entrar. E, coxo, deixou de poder correr o suficiente para entrar na dimensão mágica que permite aos demônios atravessar paredes...

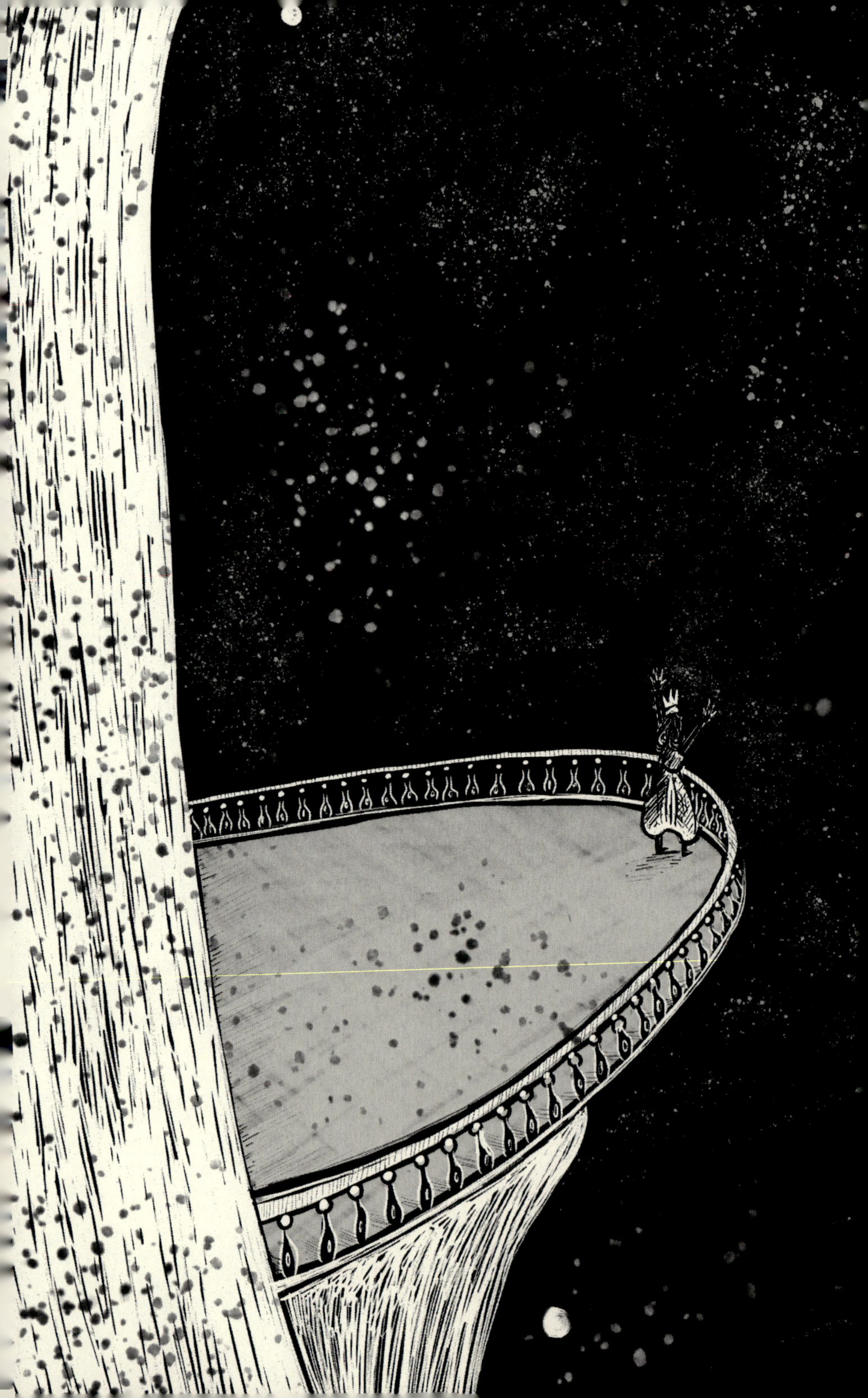

XLVI. A maldição da princesa Azeviche

O bufo-real continuou o seu voo de descida, em direção ao palácio real. Os sons da festa de aniversário da princesa Azeviche tornavam-se cada vez mais nítidos. Aproximamo-nos do jardim real e o bufo pousou numa enorme nogueira, mesmo em frente da varanda dos reis. Escondidos entre a folhagem da grande árvore, Gustavo e eu observamos atentamente o que se passava no claustro e na varanda dos reis.

– Vês aquela criança preta, de olhos muito azuis, na varanda real? – sussurrou o bufo. – É a princesa Azeviche. A sua madrinha está prestes a chegar, a fada dos sonhos. Ela surge sempre no auge do fogo de artifício.

Lá em baixo, no claustro, os convidados brindavam e festejavam o aniversário da princesa Azeviche. Um leopardo, vestido de pajem, surgiu na torre mais alta e, entoando um toque de trompete, deu início ao fogo de artifício. Todas as luzes do palácio se apagaram, a princesa Azeviche agarrou-se apavorada ao manto da rainha-mãe e fixou os olhos azuis no céu, onde os primeiros unicórnios explodiam em mil cores. Dos unicórnios surgiram florões, dos florões surgiram inúmeros cardumes de peixes. Todo o céu se iluminava e, assim, também o palácio refletia a luz das explosões e até parecia ser de dia.

Um pouco reticente, a princesa Azeviche largou o manto da rainha-mãe e debruçou-se sobre o parapeito da varanda dos reis, sorrindo perante as explosões coloridas com que o céu a presenteava.

Quando o maior florão de todos explodiu, e as suas fagulhas caíam lentamente, apagando-se antes de chegar ao chão, surgiu a fada dos sonhos, mesmo no topo da copa da nogueira onde eu e Gustavo nos tínhamos escondido. Todos os olhares se viraram na direção da árvore e eu e o bufo-real encolhemo-nos o mais possível, por trás da ramagem da grande nogueira.

— Prezada afilhada! — vociferou a fada dos sonhos, num tom que ecoava distante, como se tivesse sido pronunciado muito mais longe do que onde a fada se encontrava. — Hoje celebramos o teu décimo aniversário! Já te tinha prometido, e é tradição que, por ser um número redondo, tenhas direito a um desejo especialmente importante, pois trata-se do teu primeiro desejo irreversível.

A fada abaixou-se, colheu uma noz suavemente e, soprando-lhe com vigor, tornou-a de cristal. Ninguém pronunciava palavra, todos os convidados, e a própria princesa, estavam cientes da importância daquele momento. E a fada continuou:

— Nesta noz de cristal encontra-se o teu desejo! Tal como manda a tradição, será o melhor arqueiro entre os príncipes dos reinos vizinhos que, com uma só seta, estilhaçará esta noz de cristal ainda no ar. Nesse momento, deves pronunciar o teu desejo bem alto a partir da varanda real e ele concretizar-se-á, para sempre. Estás preparada?

A princesa Azeviche assentiu e debruçou-se ainda mais sobre o parapeito da varanda dos reis.

— Que se aproxime então o melhor arqueiro entre os príncipes! — ordenou a fada dos sonhos.

O leopardo pajem voltou a tocar a sua trompete e um jovem rapaz louro destacou-se da multidão, munido do seu arco e de uma só flecha.

— É Dom Alvor, ou melhor, o príncipe Alvor… — sussurrou o bufo.

Sem proferir nem mais uma palavra, a fada dos sonhos tomou balanço com o seu braço e, de um gesto, lançou a noz de cristal na direção do claustro onde o rapaz louro se encontrava. Este, apontou para o fruto de cristal em voo suspenso e, sem vacilar, soltou a flecha que, atravessando o ar da noite e arrastando os olhares, acertou mesmo no centro da noz, desfazendo-a em mil estilhaços. Nesse preciso instante, a princesa bradou:

— Nunca mais quero dormir de noite!

A fada dos sonhos desapareceu. As luzes do palácio continuavam apagadas e, tanto no claustro como na varanda dos reis, ninguém se atrevia sequer a murmurar uma palavra.

— Anda, Simão! – segredou o Gustavo. – Vamo-nos embora, a festa acabou aqui.

Obedientemente, voltei a subir para o dorso do bufo e, comigo camuflado entre as suas penas, levantamos voo dali para fora.

— E agora? – perguntei eu, ainda atónito com o desejo da princesa.

— Agora? – respondeu ele. – Agora já sabes qual é a maldição de Dona Azeviche. Foi ela própria que se amaldiçoou. E não há, nem nunca haverá, forma de reverter o feitiço. Os desejos irreversíveis da fada dos sonhos são mesmo irreversíveis. Nem a feiticeira tem poderes para os anular...

— Então é por isso que Dona Azeviche estava a chorar, quando sobrevoamos a sua varanda? – perguntei eu.

— Sim! – respondeu o Gustavo. – A princesa Azeviche pensara que, se não dormisse de noite, não teria que apagar a luz... ingenuidade a sua, pois evidentemente que todos os outros no palácio continuaram a apagar as luzes ao irem dormir. E, por isso, ela e Dom Alvor tentaram tão acerrimamente proteger a princesa Florinda... e, ainda por cima, Dona Azeviche continua a ter medo do escuro...

XLVII. A troca de mãos

Depois de termos atravessado novamente a gelada cúpula do passado, e voltado ao tempo presente, o bufo planou sobre o palácio e preparava-se para nos levar de regresso aos jardins das cerejeiras, quando eu lhe disse:
– Espera! Leva-me ao palácio, por favor.
– Desculpa! – respondeu o bufo, surpreendido. – Ao palácio?? Para quê?
– Quero falar com Dona Azeviche – respondi eu, determinado. – Se eu tentar entrar no palácio pelas vias normais, os guardas impedir-me-ão...
– Muito bem! – respondeu o bufo. – Eu voarei perto da varanda e poderás falar a Dona Azeviche sem teres que entrar no palácio. De acordo?
– Boa ideia! – respondi eu, achando que a proposta do bufo era bastante diplomática.
Descrevendo largos círculos no ar, Gustavo foi descendo e aproximando-se cada vez mais do palácio. Dona Azeviche continuava à varanda, grossas lágrimas escorriam dos seus olhos, molhando a sua pele negra, e no palácio inteiro apenas na sala adjunta à varanda havia um candelabro, junto do qual um crocodilo cabeceava, lutando contra o sono.
Gustavo aproximou-nos da varanda, planando mesmo em frente à rainha que, surpreendida com a proximidade do bufo, limpou o rosto das lágrimas e debruçou-se sobre o parapeito. Foi então que, acenando timidamente do dorso do Gustavo, eu sussurrei:
– Dona Azeviche! Sou eu, o Simão sem medo...

– Quem? – respondeu a rainha, tentando perceber quem falava com ela no meio da escuridão e vendo apenas o bufo real.
– Não conheço nenhum bufo chamado Simão…
– Não, não! Não é o bufo que fala! – exclamei eu, acenando mais vigorosamente do dorso do grande pássaro – Sou eu, aqui, o Simão… da almofada de ervilhas!

Finalmente, a rainha identificou-me e disse tristemente:
– O que queres daqui, a meio da noite?
– Estais triste? – perguntei eu.
– Que importa isso? – respondeu a rainha, amargamente.

Na sala, junto à janela, o crocodilo substituía uma vela no candelabro.
– Dais-me licença que me aproxime? – perguntei eu à rainha, cautelosamente.
– Já te perguntei o que queres daqui… – respondeu Dona Azeviche.

Sentado no dorso do bufo-real, levei a mão ao bolso e retirei o pequeno búzio que o rei dos mares me oferecera e que imediatamente se tornou incandescente. Os olhos da rainha cintilaram, o seu rosto iluminou-se e, com as duas mãos sobre o parapeito da janela, debruçou-se na nossa direção como fizera no dia do seu décimo aniversário.
– Achei que isto lhe agradaria… – disse eu, sem desviar o olhar do búzio resplandecente.
– Que lindo! – murmurou Dona Azeviche. – Aproxima-te, desce à minha varanda.

O Gustavo voou até ao parapeito, agachou-se para eu descer do seu dorso e, com mil cuidados, aproximei-me de Dona Azeviche. O rosto da rainha iluminara-se de forma fascinante. Não era apenas a luz do búzio, mas sim uma luz interior, o seu medo desaparecera. Apercebendo-me do efeito daquela concha cintilante sobre a rainha, concluí que ali estava a forma de acabar com o medo de Dona Azeviche. Não podia, nem eu nem ninguém, quebrar a sua maldição, podia apenas eliminar o seu medo. O que era, porventura, até mais importante.

– Aceitai este búzio que lhe ofereço – sussurrei eu, erguendo as mãos na direção da rainha.

Sem pronunciar um som, e sem desviar o olhar do búzio incandescente, a rainha estendeu cuidadosamente as duas mãos e, com mil cuidados, retirou o búzio da minha mão.

Contudo, para espanto de todos nós, ao abandonar a minha mão, o búzio voltou a apagar-se instantaneamente. Dona Azeviche olhou-me aflita. Intrigado, voltei a retirar o búzio da sua mão e, nesse instante, ele voltou a iluminar-se. Coloquei-o novamente na mão da rainha e voltou a apagar-se.

– O búzio só brilha na tua mão, Simão… – murmurou o bufo-real, que nos observara o tempo todo.

– Quer dizer que não o posso oferecer à rainha? – perguntei eu, desiludido.

– Foi-te oferecido a ti. Só se iluminará na tua mão… – respondeu a sábia ave.

O rosto de Dona Azeviche ensombrara-se de novo e os seus olhos azuis já se inundavam de grossas lágrimas, quando o bufo-real continuou:

– Haveria uma forma…

Gustavo fez uma pausa, olhou-me a mim e Dona Azeviche alternadamente e, murmurando, concluiu:

– Se vocês trocarem de mãos, o búzio iluminar-se-á.

– Trocar de mãos? – exclamei eu, incrédulo.

– Sim. – respondeu o bufo. – Corta-se a tua mão e cose-se no braço de Dona Azeviche, e vice-versa.

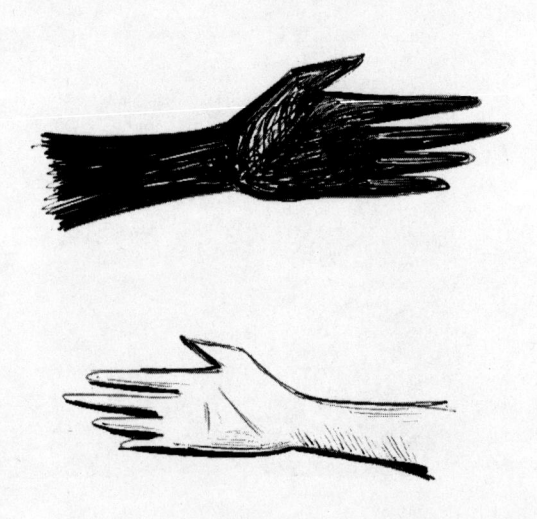

XLVIII. O regresso

Assim foi feito. Não sei o que se passou, nem como, pois eu e Dona Azeviche fomos anestesiados para a operação. O que importa é que, ao acordar, a minha mão esquerda tinha sido substituída pela mão esquerda da rainha. Ela, por sua vez, tinha agora a minha mão esquerda. Foi nessa mão que Dona Azeviche segurou o búzio incandescente quando me levou até junto do paciente Gustavo que me esperava no parapeito da varanda dos reis.
– Calça esta luva, Simão! – disse Dona Azeviche, sussurrando – Esta troca é um segredo entre nós. Eu calço uma luva igual e só a descalçarei à noite, para poder acender o búzio.
O rosto da rainha tinha uma expressão tranquila, sem medo. E eu acrescentei:
– Um dia eu volto para lhe visitar, majestade!
– Volta sempre, mas apenas com o Gustavo e durante a noite! – respondeu a rainha, sussurrando.
Trepei para o dorso do bufo-real que, de um salto, iniciou o voo que me levou de regresso aos jardins das cerejeiras.
Lá em baixo, de olhos fixados no céu, distingui o vulto da Matilde. A minha fiel amiga cumprira o que prometera e estava ali à minha espera. Mal aterramos, ela dirigiu-se a mim a correr, exclamando:
– Já estava preocupada! Tanto tempo.
– O Gustavo levou-me a visitar Dona Azeviche! – disse eu, piscando o olho ao bufo-real.
– Conseguiste entrar no palácio? – perguntou a rinoceronte, espantada.

— Sim, pelo ar, montado no dorso dele! — respondi eu, apontando para Gustavo.

O bufo-real, por sua vez, adiantou:

— Espero que confiem em mim! Eu agora vou partir. Se precisarem, já sabem que podem contar comigo.

O enorme pássaro levantou voo e nem me deu tempo para lhe agradecer o passeio fascinante que tínhamos acabado de dar. Virei-me então para Matilde, escondendo a mão esquerda, agora enluvada, no bolso e disse:

— Eu tenho que me ir embora, Matilde...

— Sim, calculei que sim — respondeu a rinoceronte, entristecida. — Mas olha, não me digas adeus que eu não gosto de despedidas. Eu vou agora dormir e tu partes quando quiseres, mas sem despedidas. Assim, quando eu acordar, vou simplesmente imaginar que andas numa das tuas aventuras.

A rinoceronte jardineira piscou-me o olho, pegou no seu lenço cor-de-rosa e partiu, sem dizer mais nada e sem olhar para trás.

Olhei para a cadeira vazia onde a avó costumava descascar ervilhas. Naquele momento senti-me sozinho e soube que era o momento de voltar a casa.

Agora sabia onde o meu jardim continuava a existir. E tinha aprendido que, mesmo sem a ajuda da avó, eu saberia dar com ele sempre que quisesse. Sabia que voltaria, só não sabia quando.

Dirigi-me à porta da escada preta e branca e fiz-lhe cócegas.

— Hahahaha! — a porta desatou a rir às gargalhadas.

— Não te quis bater... — respondi eu, risonho. — Deixas-me entrar?

A porta abriu-se lentamente e eu fui descendo a grande escadaria, pisando apenas as pedras brancas, claro.

No fim da escadaria, cheguei ao armário a cheirar a alfazema. Empurrei a porta e saltei para o quarto da avó, inundado pela luz da vela. Sentada na sua cadeira, a avó penteava os seus longos cabelos de fantasma.

– Estiveste aqui este tempo todo, avó? – perguntei eu, intrigado.

– Este tempo todo? – respondeu a avó fantasma, sorridente. – Tu acabaste de entrar pelo armário, Simão.

– Entramos os dois, avó! – disse eu, confundido – E isso já foi há muitos dias...

– Não foi não, Simão! – sorriu a avó, docemente. – Todo o tempo que estiveste no outro mundo, passou apenas nesse mundo.

– Não percebo! – respondi eu.

– Aqui não passou tempo nenhum desde que entraste no armário até agora, que saíste dele – explicou a avó. – O tempo que passaste no reino das cerejeiras, é do reino das cerejeiras. E agora vai dormir que já é tarde, meu Simão sem medo.

Apesar de não ter compreendido completamente o que avó me dissera sobre os tempos que paravam e os que passavam de maneiras diferentes, achei melhor ir dormir.

No meu quarto, de fato, nada tinha mudado e, ao que parecia, ninguém sentira a minha falta. Creio que a avó fantasma tinha razão.

Antes de adormecer, fiquei ali deitado na minha cama, de olhos abertos, a observar o escuro teto do meu quarto como se tivesse chegado de uma grande viagem.

Entre os meus pensamentos, ecoava a frase da feiticeira: "não basta não ter medo, é preciso não ter medo do medo!".

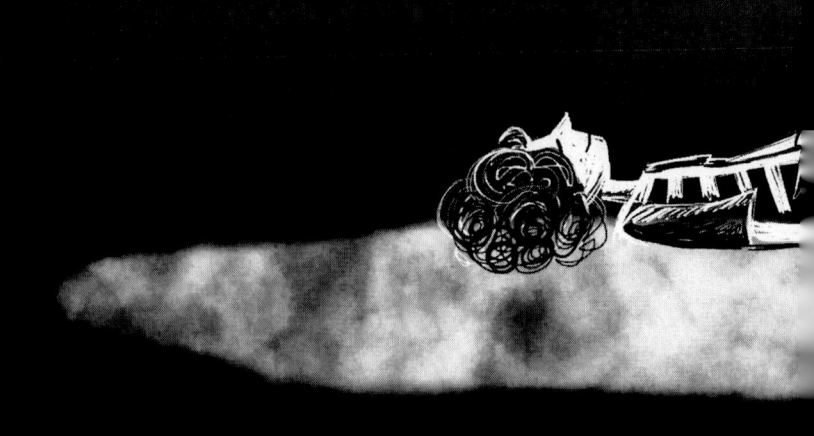

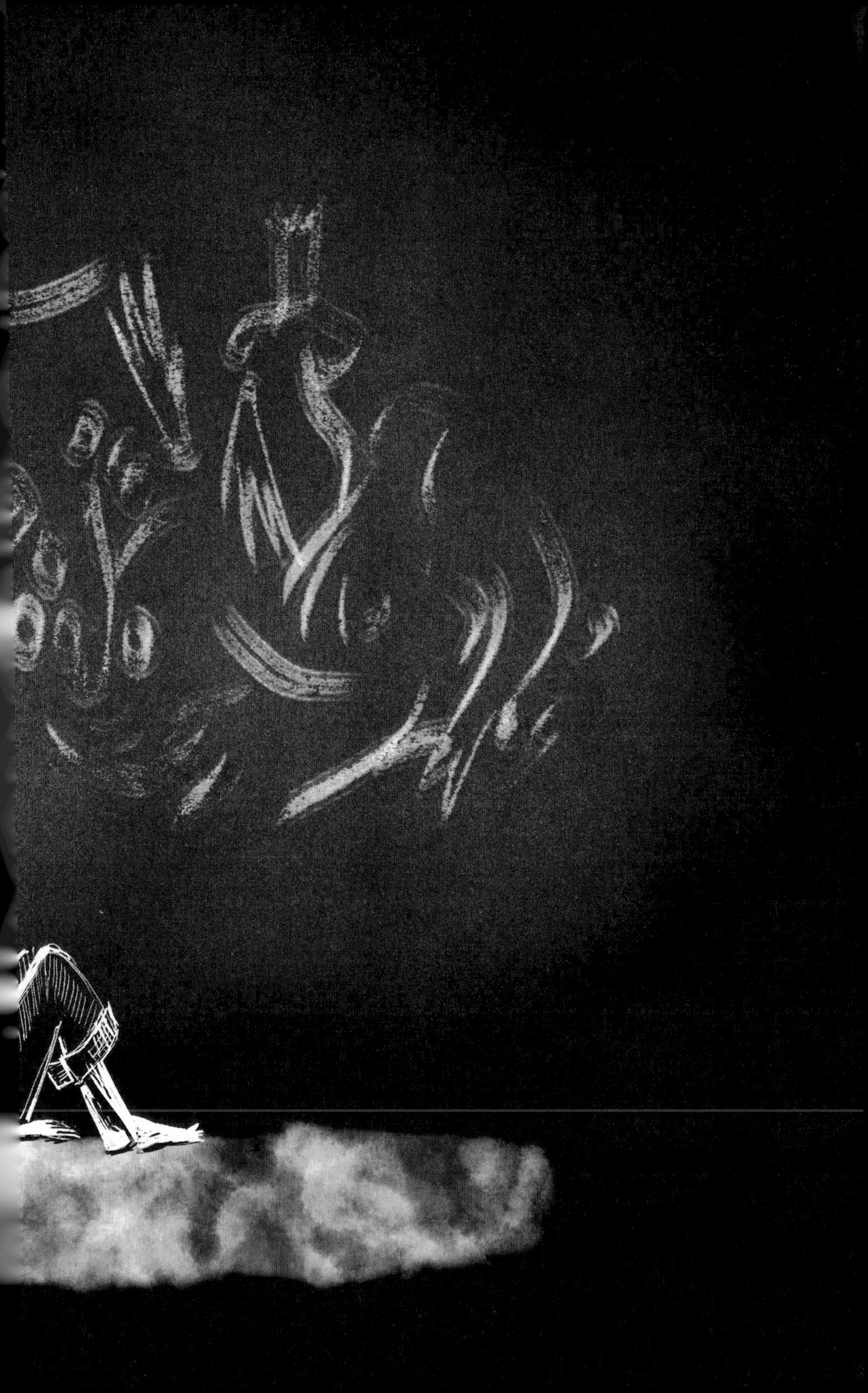

Epílogo

As minhas aventuras no reino dos jardins das cerejeiras ensinaram-me que, na vida, não basta não ter medo. Aprendi o que é a confiança e aprendi que a melhor forma de se viver é não ter medo de ouvir os outros.

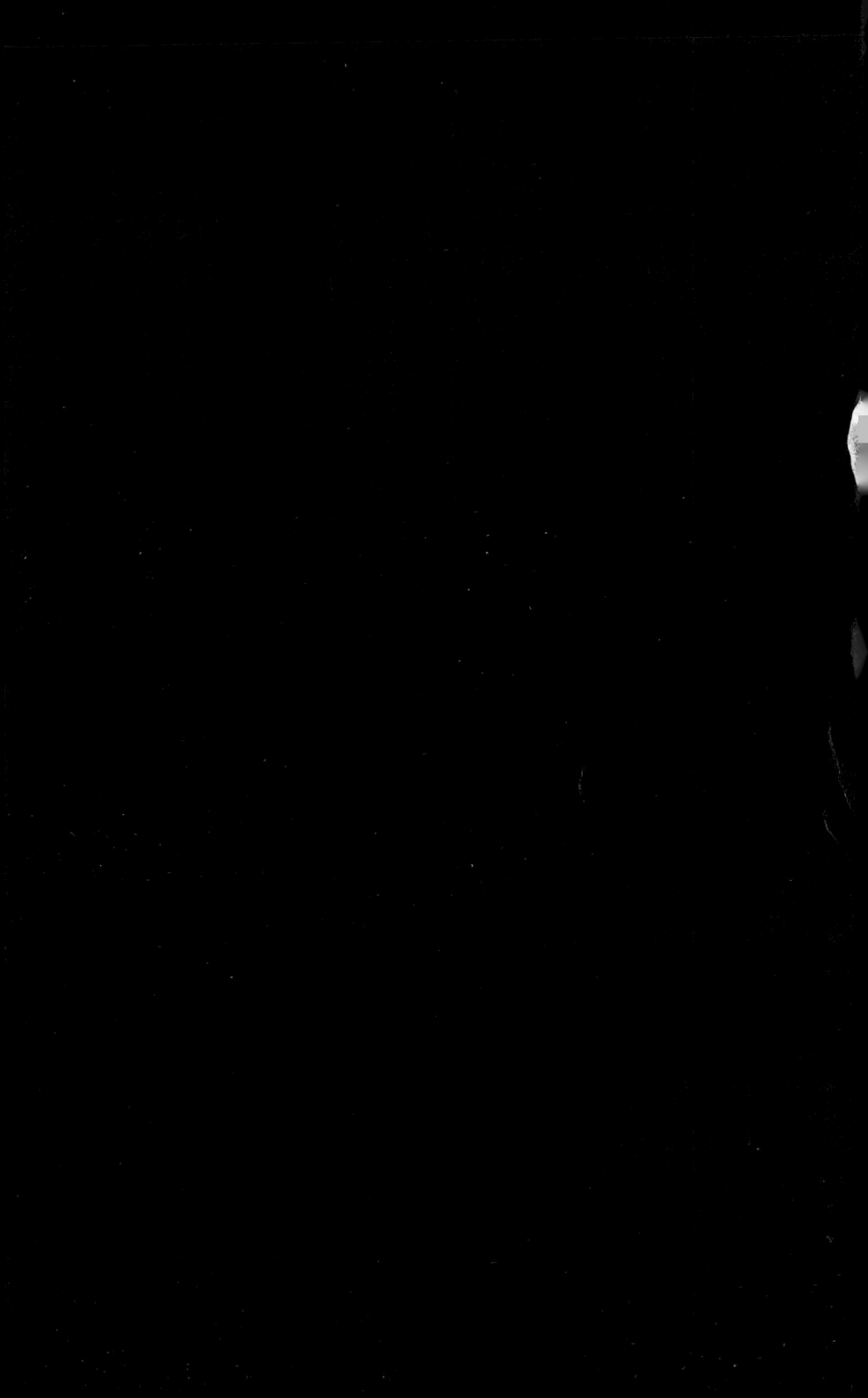

Este livro foi composto em Farfield para a Editora Moinhos,
em papel pólen bold, enquanto *Libertação*, de Elza Soares,
tocava no computador empoeirado.

*

Era outubro de 2020.
Es brasileires sentiam no ar o calor das queimadas.